Andrzej Szczypiorski

Den
Schatten
fangen

Roman
Aus dem
Polnischen von
Anneliese Danka Spranger

Diogenes

Titel der 1976 bei Nasza Księgarnia, Warschau,
erschienenen Originalausgabe:
›Złowić cień‹
Die deutsche Erstausgabe erschien
1976 unter dem Titel
›Denn der Herbst kam zu früh‹
im Spranger Verlag, Much
Umschlagillustration: Félix Vallotton,
›Tourbillon de poussière‹, 1912
(Ausschnitt)

S ie weckten ihn schon um sechs Uhr morgens. Die Sonne schien und die Vögel sangen. Der Morgen kündigte einen heißen Tag an.

Kaum hatte er die Augen geöffnet, da zwang ihn der Gedanke, daß nun endlich der langersehnte Augenblick gekommen war, die Lider rasch wieder zu schließen. Er fürchtete, es sei doch nur ein Traum... Dann sprang er flink aus dem Bett, seine nackten Füße klatschten auf das glänzende, frisch gewachste Parkett. Rasch wusch er sich, denn jeder Augenblick war jetzt kostbar. Er schaute in den Spiegel über dem Waschbecken und wunderte sich über seine eigene Blässe. Zwei große dunkle Augen, von dichten Wimpern umgeben, schauten ihn an. Er betrachtete seine ziemlich hohe Stirn, darüber den üppigen dunklen Schopf. Früher war er gerne mit den tintenbefleckten Fingern durchs Haar gefahren.

Im Badezimmer stand ein ziegelfarbener Ofen, schlank, mit einem Metallreif gegürtet, stützte er sich mit zwei Bärentatzen auf den Boden. Der Ofen war glatt und kühl – der Junge drückte seine Wange daran.

Dann frühstückte die Familie gemeinsam. Der Vater aß schweigend wie immer, ausschließlich mit seinen Schnitten beschäftigt, die er sorgfältig mit Butter bestrich, mit Wurst oder Schinken, Schnittlauch und manchmal auch mit Kresse verzierte und dann mit großem Appetit verspeiste, wobei er stets Messer und Gabel gebrauchte. Das rief bei dem Knaben verlegene Bewunderung hervor. Die Mutter, nervös, zwang sich nur mit Mühe zu Geduld und Ruhe, sie bebte, als wäre sie innerlich mit Energien geladen, die sie niemals vernünftig und im Einklang mit der guten Sitte zu gebrauchen verstand. Unlustig trank sie ihren Tee und pickte die Krümel ihres Konfitürebrötchens auf. Ihre schmale Zunge, rosa und beweglich, durchbrach plötzlich die Lippen. Das erfüllte den Jungen mit Angst.

Im Eßzimmer war alles glänzend, an diesem Morgen wie vom Licht gebrochen. Vielleicht schien es ihm nur so, denn sie hatten bisher noch nie so zeitig gefrühstückt, und er war die plötzliche Lichtlawine nicht gewöhnt, die durch das Fenster hereinfloß.

Sonne lag auf dem Parkettboden und dem Teppich, sie durchbrach das Kristall in der Kredenz, und als er seine Hand auf das glatte, gelbliche Tischtuch legte, spürte er die unbekannte Wärme der frühen Strahlen.

Um sieben Uhr erhob sich der Vater vom Tisch, säuberte die Lippen mit der Serviette und zündete sich langsam eine Zigarre an. Dann ging er zu der schlanken Uhr in der Zimmerecke, öffnete sie und begann, das Werk aufzuziehen. Die Kette rasselte, die goldfarbenen Gewichte gingen in die Höhe. Sieben tiefe Schläge erklangen. Der Vater zog an der Zigarre, bläulicher Rauch umhüllte seinen Kopf. Plötzlich sprang die Mutter von ihrem Platz. Wie von einer verzweifelten Vorahnung gepackt, strich sie über den Schopf des Knaben und lief aus dem Raum. Er hörte das Klappern ihrer Absätze irgendwo in der Wohnung, dann ihre hohe Vogelstimme, die vom Zimmermädchen Hut und Eau de Cologne verlangte.

Um Viertel nach sieben verließen sie das Haus. Die Sonne wärmte schon ziemlich stark. Vor der Einfahrt des Hauses warteten zwei Pferdedroschken, denn sie hatten viel Gepäck. Der Asphalt, von der Hitze des Vortages erwärmt und nachts abgekühlt, war gezeichnet von Pferdehufen und Autoreifen. Es roch nach Teer, Trockenheit, warmen Steinen.

In der ersten Droschke nahmen die Eltern Platz, in der zweiten der Knabe mit dem Dienstmädchen und dem restlichen Gepäck. Der Hausmeister, ein schwerfälliger, alter Mann, verbeugte sich zum Abschied und lüftete die Mütze.

Die Pferdehufe klapperten auf dem Asphalt, die Droschken rollten schnell – es gab nicht viel Verkehr. Sie fuhren über die Brücke. Unter ihnen war der Fluß, gelblich, breit und flach wegen der langanhaltenden Hitze. Mitten im Fluß lag eine goldene Sandbank, ein steinerner Damm verband sie mit dem Ufer. Auf dem Damm bemerkte der Junge ein paar Angler.

Sie kamen rechtzeitig zum Bahnhof und konnten sich ohne Eile in einem Abteil ausbreiten. Es roch nach Staub und Abschied.

Die Mutter sagte: »Ach, sind diese Wagen schmutzig...«

»Sie sind eher traurig«, antwortete Vater. Er setzte sich ans Fenster und zündete sorgfältig eine Zigarre an. Da erschien auf dem Bahnsteig ein eleganter junger Offizier. Bei jedem Schritt klingelten die Sporen. Er schaute in die Abteile und hob dabei den Kopf.

Als er meinen Vater entdeckt hatte, blieb er stehen und legte die Hand an die Mütze. Vater ließ das Fenster herunter, Mutter stieß einen freudigen Schrei aus, beugte sich ebenfalls aus dem Fenster und reichte dem Offizier die Hand zum Kuß. Hinter dem Offizier erschien die Ordonnanz, mit Koffern beladen. Dieser Soldat stand später während der ganzen Reise auf dem Flur... »Guten Tag, mein

Freund«, rief der Offizier, als er in das Coupé trat, der Gruß galt dem Jungen.

Dann fügte er, schon an die Eltern gewandt, hinzu: »Wie die Zeit vergeht, Krzyś ist groß geworden, hat sich sehr verändert, ist kaum noch zu erkennen. Wie alt bist du, Krzyś?«

»Fünfzehn«, antwortete der Junge. Er konnte sich an Major Kurtz nicht erinnern. Zu viele Menschen gingen in seinem Elternhaus ein und aus.

»In ein paar Jahren nehme ich dich in mein Regiment!« rief der Offizier.

»Zum Glück ist er für die Armee nicht geeignet, er ist so zart...«

»Er ist kräftig und gesund«, sagte der Vater.

»Welch ein Unsinn«, gab Mutter zurück.

Im Coupé blieb es schwül, obwohl die Fenster geöffnet waren. Sie machten es sich bequem, Vater und Sohn standen am Fenster, Mutter und der Offizier saßen auf den Polstern, an der Tür hockte schweigend das Dienstmädchen, draußen im Gang stand die Ordonnanz und schwitzte. Endlich fuhr der Zug an. Vor dem Fenster zogen häßliche Vororte vorbei. Schuppen, Schrebergärten, rußgeschwärzte kleine Häuser, lieblos zusammengenagelte Holzbuden. Über die schmalen Wege zwischen den Häusern rollten Fuhrwerke, vor die dürre Pferdchen gespannt waren, Hunde schliefen im Schatten der Akazien und verblühten Fliederbüsche.

Dann verschwand die Stadt, der Zug eilte zwischen flachen Wiesen hindurch. Vater sprach mit dem Offizier über die allgemeine Weltlage.

»Und doch verläßt mich die Unruhe nicht...«

»Bitte vertrauen Sie mir, Doktor«, antwortete der Offizier.

»Es gibt wirklich keinen Grund zur Unruhe. Hitler ist umstellt.«

»Ich traue den Franzosen nicht«, sagte der Vater. »Sie sind so bequem.«

»Wir haben ein Bündnis mit England.«

»Das ist richtig«, meinte der Vater, »wir haben ein Bündnis mit England.«

Seine Stimme klang müde. Mutter rieb sich die Schläfen mit Kölnisch Wasser ein.

»Ich flehe Sie an, meine Herren, sprechen wir nicht vom Krieg«, sagte sie. »Wir haben schon zwei Kriege erlebt, das müßte für unsere Generation genug sein.«

Plötzlich sah sie unruhig und zärtlich den Knaben an.

»Krzyś«, sagte sie, »du bist erhitzt, Herzchen.«

»Nein«, antwortete der Junge.

Der Offizier ärgerte ihn. Vielleicht deshalb, weil er niemals, auch nicht früher, als er noch ganz klein war, Offizier werden wollte. So eine Existenz schien ihm nicht vollendet. In seinen kindlichen Spielen war er manchmal Oberbefehlshaber, manchmal auch einfacher Soldat im Schützengraben, aber niemals ein Offizier, den konnte er auf dem Schlachtfeld nicht recht unterbringen. Offizier – das war für ihn eine Person ohne Rolle.

Der Zug ratterte über eine Brücke, dann eilte er weiter zwischen den Wiesen hindurch. Durst quälte den Knaben. Die Erwachsenen unterhielten sich. Wieder ergab sich eine Meinungsverschiedenheit über den Krieg – ob er möglich sei oder gänzlich ausgeschlossen. Der Knabe schlief, er träumte von einem Teich und einem Boot. Er, ganz allein im Boot, in der Dämmerung, einen Augenblick nach Sonnenuntergang. Er träumte, daß er glücklich sei, aber er wußte, daß es nur ein Traum war. Wach war er niemals glücklich!

Vielleicht in der Dunkelheit, nachdem er die Lampe gelöscht hatte, kurz vor dem Einschlafen, wenn seine Gedanken in völliger Abgeschiedenheit von der Welt abkühlten, wenn er sich wirklich ganz allein fühlte, als einziger Mensch auf dem ganzen Planeten, dann sprach er zu sich selbst in tiefer Überzeugung: »Ich liebe dich, Herrgott. Ich liebe dich, Mama. Ich liebe dich, Vater. Ich liebe dich, Berta.«

Berta, das war seine Hündin. Vor kurzem war die Freundin seiner Kindheit an Altersschwäche gestorben.

Dann fügte er noch hinzu: »Ich liebe dich, Großmama. Ich liebe dich, Krzyś.«

Ein klein wenig schämte er sich dabei, daß er sich selbst liebte. Und eben in diesem Augenblick empfand er großes Glück, er schlief ein, versöhnt, wie niemals am Tage.

Der Zug verlangsamte die Fahrt, man vernahm das dumpfe Klopfen der Schwellen, dann rollten die Wagen in einen Bahnhof. Jetzt hörte man die Stimmen der Verkäufer, sie priesen Süßigkeiten an und Selterswasser, Eis und Würstchen.

Der Knabe schwieg. Er wußte, daß sie ihm nicht gestatten würden, Wasser vom Bahnhofsverkäufer zu trinken. Seine Mutter glaubte an Mikroben. Er glaubte an gar nichts, außer an Gott und die Liebe. Das Gespräch der Erwachsenen verstummte, dichte, schwere Hitze lähmte ihre Gedanken. Im Coupé wurde es still. Der Zug setzte sich schnaufend in Bewegung, wieder klopften eintönig die Schwellen, von Zeit zu Zeit ertönte das durchdringende Pfeifen der Lokomotive...

Am liebsten hatte er die Nachmittage am Sonntag, die er immer, solange er zurückdenken konnte, im Hause seiner Großmutter verbrachte. Manchmal überlegte er ein wenig träge, warum er die stillen, einsamen Nachmittagsstunden so besonders liebte. Er brauchte die Anwesenheit der Großmutter nicht. Er nahm es sogar mit einer gewissen Freude hin, daß sie in das Innere der dunklen, etwas vernachlässigten Wohnung ging, um sich ihrer Arbeit zu widmen, die ihm komisch, aber auch rührend vorkam. Auf weiße Leinentücher stickte sie Blumen und phantastische Vögel, die in seltsamen Farben schillerten. Während dieser Zeit saß er allein im großen Eßzimmer. Das Haus, in dem seine Großmutter lebte, war alt, feucht und düster. Ihre Wohnung lag im ersten Stock des Hinterhauses, vom vorderen Haus trennte es ein dunkler Hof voll gurrender Tauben. Es war eine Straße in der Innenstadt, aber wenig besucht, selten kamen Passanten vorbei, noch seltener Kutschen. Das Eßzimmer, anders als bei seinen Eltern, schien ihm immer dunkel, kühl und deshalb riesig.

An den Wänden hingen auf kirschroten Tapeten Bilder in schweren Goldrahmen. Sie waren sehr alt und stark nachgedunkelt. Einzelheiten konnte er darauf nicht mehr erkennen. Nur auf einem sah man ein Boot auf stürmischer See. Unter einem wolkigen, fast dunkelblauen Himmel stürzten schaumbedeckte Wellen übereinander, auf den Wogen ein Boot mit aufgespanntem Segel. Er sah die Umrisse der Menschen an Deck, konnte aber ihre Gesichter nicht erkennen. Das Bild erfüllte ihn mit Furcht und Andacht. Er wollte nicht einer von jenen Unglückseligen sein, dem Element ausgeliefert wie sie, und dachte voll Mitgefühl an ihr unbekanntes Schicksal. Ob sie wohl den ruhigen Anlegeplatz erreichten, wo die bangenden Familien warteten? Oder sind sie auf den Grund gesunken, und niemand hat je von ihnen gehört? Die anderen Bilder im Eßzimmer beschäftigten ihn weniger, ausgenommen das Bild einer hübschen jungen Dame mit hellem Haar und rosigen Wangen.

Sie trug ein rotes Kleid und einen Hut, der Schatten auf ihr Gesichtchen warf. Er wußte, daß es das Jugendbildnis einer seiner Tanten war. Magdalena war eine nette und liebe Tante, rundlich, etwas geschwätzig. Immer wenn sie zu Besuch kam, überschüttete sie ihn mit Zärtlichkeiten und Naschwerk. Der Augenausdruck seiner Tante auf dem Porträt amüsierte ihn, kindlich und zugleich andächtig konzentriert war ihr Blick, so schaute die gute, rundliche Dame später nicht mehr.

Am liebsten saß er unbeweglich auf dem Stuhl an dem großen Eichentisch, stützte den Kopf auf die Hände und überließ sich seltsamen Gedanken. Immer war er von ihnen angenehm überrascht, beinahe begeistert. Die ganze Woche über war sein Gehirn mit verschiedenen Dingen beschäftigt, die die Schule betrafen, seine Freunde, Spiele und Unterhaltung – dann plötzlich am Sonntagnachmittag im Eßzimmer seiner Großmutter wurde er ein ganz anderer Junge. Und er wartete auf diese Augenblicke, die er für sein Geheimnis hielt...

Ach, konnte er großartig nachdenken an diesem Eichentisch! Ringsherum herrschte Stille, nur manchmal unterbrochen von dem fernen Klappern der Pferdehufe auf der Straße da draußen, dem Gurren der Tauben vor dem Fenster oder dem plötzlichen Schlagen der Uhr. Dann war er allein. Und dieses Gefühl des Alleinseins erschien ihm wunderschön und unschätzbar, obwohl er sich auch ein wenig fürchtete. Er schaute auf die kirschroten Wände, auf die schweren, unbeweglichen Möbel, die ihm wie schlafende Tiere vorkamen, auf die undurchdringlichen Bilder in den goldenen Rahmen. Er nahm die alten Postkarten zur Hand, die auf dem Büffet lagen, betrachtete lange die seltsamen Landschaften, unbekannten Berge und Sandstrände am Meer, Bahnhöfe oder Hotels an den Hängen grüner Hügel, wo ein sorgfältig gezeichneter Pfeil auf das Fenster des Zimmers wies, in dem einst der Absender dieser Karte gewohnt hatte. Er war neugierig, wie die Menschen ausgesehen haben mochten in jener Zeit, als Großmutter noch Post aus der ganzen Welt bekam. Ohne Mühe fand er ihre Bilder. Zwischen dem Gerümpel in den Schubladen lagen Photographien. Sie zeigten schlanke Damen in riesigen Hüten mit Federschmuck, Herren in enganliegenden Uniformen nicht mehr existierender Armeen. Er entdeckte dort auch Photos von Autos, die komisch viereckig waren und von denen er glaubte, daß sie sich gar nicht bewegen konnten. Neben diesen seltsamen Maschinen bemerkte er Herren in Sportmützen und riesigen Handschuhen mit Ledermanschetten bis zum Ellenbogen. Sie trugen Schnurrbärte und standen steif und gerade oder stützten ein Bein auf das breite Trittbrett des Automobils. Er genoß diese Augenblicke scheinbarer Gedankenlosigkeit, in denen er mit der unbegreiflichen, fernen Vergangenheit verkehrte, mit einer unbekannten Welt, die es ohne ihn und jenseits von ihm gab. Dabei überkam ihn ein Gefühl der Wonne, und er wußte, daß ihm eben jener Gedanke vom Vergehen aller Dinge so viel bedeutet. In solchen Augenblicken, und nur in jenem Eßzimmer am Sonntagnachmittag, in der dämmrigen Stille eines leeren Sommertages, dachte er auch an Gott. Er schien seine Anwesenheit um sich herum zu ahnen, obwohl er sich dessen nicht ganz sicher war. Dieser Gedanke quälte ihn. Was wohl noch früher gewesen sein mag, vor jenen Herren in Stulpen und Gamaschen, vor jenen schlanken Damen, die immer ihre Gesichter mit Schirmchen vor der Sonne schützten. Und was war noch früher, dort irgendwo auf der anderen Seite der dunklen Bilder, auf denen man nichts mehr erkennen konnte? Es quälte ihn auch der Gedanke, was später sein würde, in hundert Jahren, zweihundert oder zweihunderttausend. Doch wenn er versuchte, sich in diesen Abgrund der Zeit zu vertiefen, wurde ihm schwindelig, Furcht überkam ihn, er öffnete die Augen ganz weit und wollte nicht länger darüber nachdenken.

Sehr gerne hatte er auch das, was seinem Besuch bei Großmutter vorausging. Vielleicht war es jener Vormittag, der im Laufe der ganzen Woche seine Gedanken am stärksten anzog. Sonntags schlief er etwas länger, aber er konnte niemals verstehen, daß einige seiner Schulfreunde sich mit Vergnügen fast bis Mittag in den Betten aalten. Um neun Uhr war er schon auf der Straße. Er betrachtete den Himmel. Immer ärgerte es ihn, daß seine Sonntage, seine Sonntagspläne von jenen mächtigen Kräften abhingen, auf die niemand Einfluß nehmen konnte. Einen wolkenlosen Himmel nahm er mit Erleichterung und Dankbarkeit zur Kenntnis. Wolken ärgerten, Regen bedrückte ihn. Anders als viele Kinder mochte er den Regen nicht. Es bereitete ihm kein Vergnügen, bis zu den Knöcheln in Pfützen zu waten oder das Gesicht in den Regen zu halten. Ein nasses Hemd, das am Körper klebte, war ihm unangenehm. Er liebte Sauberkeit, Wärme, den lauen Wind. Er gehörte zu den zahlreichen Knaben unseres Planeten, die die Reize des Winters nicht sehr hoch schätzten. Häufig dachte er an die südlichen Länder, heiß, vom Licht der Sonne durchdrungen, wo trockene Winde Palmenwedel bewegen. Er hörte das Rauschen der Blätter, es erinnerte ihn an das Klopfen der Vögel auf Blech.

Wie schön, barfuß im warmen Sand zu laufen. Leider kam es ziemlich selten vor. Er hatte es auch gerne, wenn ihm der Schweiß in lauen Bächlein über den Rücken lief und sein

Hals ganz trocken wurde. Der Winter erschien ihm immer schwer, steif und atemlos.

Aber solch ein Sonntagmorgen, an dem der Himmel klar war und die Sonne strahlte, stimmte ihn froh. Dann ging er hinaus, um sich mit seiner Großmutter zu treffen. Die Menschen auf den Straßen waren festlich gekleidet, sie bewegten sich ruhig, mit einer gewissen Würde, die er im Alltag an ihnen niemals bemerkte. Die Mädchen trugen Schleifen im Haar, ihre Zöpfe waren sorgfältiger geflochten. Die Jungen paradierten in gebügelten Hosen und frischen weißen Hemden. An den Straßenecken warteten hier und da Pferdedroschken auf Fahrgäste.

Er liebte den Geruch der Luft an diesen Droschkenplätzen. Es war ein ferner und unwirklicher Geruch, der gleiche, welcher ihn umgab, wenn er alte Romane über die Abenteuer mittelalterlicher Ritter las. Die Pferde schnaubten munter, das Geschirr klirrte auf ihren Rücken. Die Luft schien säuerlich, scharf, es war der Geruch von Pferdeschweiß, altem Leder, Hafer und Urin. Immer wenn er an einem Droschkenplatz vorbeikam, dachte er es sei höchste Zeit, erwachsen zu werden. Doch nur einen Augenblick später begann er zu laufen, hüpfte oder pfiff ganz falsch einen Militärmarsch. Es war immer der gleiche Marsch, denn nur eine Melodie war ihm im Gedächtnis geblieben, und die liebte er. Den Triumphmarsch aus *Aida* kannte er von einer Platte, aber er hatte beschlossen, daß es sein Militärmarsch sei, die Melodie seiner Armee, wenn sie in eine siegreiche Schlacht zog. Natürlich hatte er seine Armee und war ihr oberster Kriegsherr. Doch schickte er sie ziemlich häufig in die Kaserne der Vergessenheit, wo sie ein stilles Dasein führte, um von Zeit zu Zeit in seiner Phantasie wieder aufzutauchen, in immer neuen Uniformen, neuen Vorschriften unterworfen, mit neuen Regimentskommandeuren, deren Namen er ziemlich hastig erfand, beinahe im letzten Augenblick vor der Schlacht.

Er war also unterwegs, um seine Großmutter zu treffen. Sie erwartete ihn auf einer Bank am Eingang zum Park. Sie war immer gleich gekleidet, zumindest schien es ihm so. Im Sommer trug sie lange Kleider. Grau oder gelblich aus einem feinen Stoff, von dem sie sagte, er heiße Georgette. Wenn er näher kam, sandte ihm Großmutter ein Lächeln entgegen und rief: »Wie geht es dir, mein kleiner Schelm?«

»Wie geht es dir, Großmama?«, erwiderte er und küßte sie auf die Wange.

Ihre Wange war weich und schlaff, auf seinen Lippen fühlte er einen zarten Flaum, und das versetzte ihn in Erstaunen. Die Großmutter duftete angenehm, anders als Mutter und die Tanten, anders als er selbst. In diesem Duft war etwas unsagbar Zartes und Leichtes und gleichzeitig etwas Fernes, Fremdes, beinahe Abstoßendes. So duften die Blätter im Frühherbst oder die Baumrinde nach dem Regen und auch Pilze, wenn man sie ein klein wenig antrocknet. Die Großmutter sagte häufig, er habe ihre Augen. »Du hast meine Augen, kleiner Schelm«, sprach sie.

So schaute er also fast immer in ihre Augen, um über sich selbst darin zu lesen. Großmutters Augen gefielen ihm. Sie waren groß, mit grüner Iris und sehr dunkler Pupille, in der stets ein fröhlicher Funke glomm.

Zunächst verweilten sie schweigend einige Augenblicke. Auf dem Gehsteig vor ihnen bewegte sich wie ein milder Strom der Sonntagsverkehr. Erwachsene gingen spazieren, etwas aufgeplustert wie Truthähne oder Pfaue, mit ihnen Kinder laufend, hüpfend, lärmend wie Spatzen.

Er hatte seine Großmutter sehr gerne. Vielleicht auch

deshalb, weil sie, anders als alle Erwachsenen, niemals nach seinen Fortschritten in der Schule fragte, nach Noten oder Klassenkameraden. Er hatte sie einmal gefragt, warum sie nichts darüber erfahren wollte. Sie streichelte seine Wange mit ihrer zarten Hand und sagte: »Weil das dein Leben ist, kleiner Schelm, nicht meines. Wenn du willst, wirst du es erzählen...«

Er kam zu der Überzeugung, daß seine Großmutter sehr klug war. Ein anderes Mal meinte er: »Ich könnte dir von der Schule erzählen, aber das wird wohl langweilig...«

»Ich denke ja«, antwortete Großmutter. »Das ist nicht interessant für eine alte Frau.«

»Und was ist interessant?« fragte er.

Sie lächelte, dann schwieg sie einen Augenblick, schließlich sagte sie: »Die andere Seite...«

Er schaute auf den Gehsteig jenseits der Straße, begriff aber rasch, daß Großmutter etwas anderes gemeint haben mußte. Er berührte ihre Hand. Seltsame Leere war in seinem Kopf.

»Welche andere Seite?« fragte er und spürte Trockenheit im Hals.

»Der Tod«, antwortete Großmutter ruhig. »Du weißt doch, daß es den Tod gibt.«

»Ja, ich weiß«, sagte er leise.

»Denk nicht daran, dafür hast du noch Zeit, viel Zeit...« Sie hielt inne, küßte unsagbar zart sein Haar und fügte hinzu: »Aber weniger, als man annimmt... Das alles geht so schnell!«

»Großmama«, sagte er heftig. »Ich will nicht, daß du stirbst.«

»Ich will es auch nicht, mein kleiner Schelm«, antwortete sie und lachte jetzt fröhlich.

Dann gingen sie, wie immer an Sonntagen mit schönem Wetter, die steile, ruhige Straße hinunter an dem Eisenzaun des Parks entlang, zu einem kleinen Platz, auf dem man Ponys reiten konnte. Er hatte sein Lieblingspony, darauf ritt er besonders gerne. Es war ein ziemlich altes Tier, kastanienbraun, mit sentimentalem Blick und träger Phantasie.

Als er klein war und noch nicht in die Schule ging, mietete ihm die Großmutter für die sonntäglichen Spazierfahrten ein weichgepolstertes Wägelchen, vor das man Ponys spannte. Doch später, als er größer geworden war, ritt er die Ponys. In den ersten Jahren war es nur ein scheinbares Vergnügen, denn Herr Edzio, der Besitzer der Ponys, führte das Tier am Zügel, und der Knabe hatte nichts anderes zu tun, als sich im Sattel zu halten.

Herr Edzio plauderte gerne, er erzählte immer dieselben Geschichten von seinen Ponys, die, wie er meinte, besonders klug waren, die Sprache der Menschen verstanden und von Zeit zu Zeit ihrem Herrn etwas Interessantes zu erzählen wußten. Dies geschah jedoch niemals in Anwesenheit fremder Menschen, sondern nur im Stall in der Vorstadt und in der Regel nach Sonnenuntergang.

Anfangs glaubte er diese Geschichten, doch später begriff er, daß Herr Edzio ganz einfach ein sympathischer, geschäftstüchtiger Pfiffikus war, der seine kleinen Kunden zu unterhalten suchte. Nach einiger Zeit verzichtete Herr Edzio auf die Geschichten.

»Du bist schon groß«, sagte er eines Tages, »mein Geflunker langweilt dich.«

Der Knabe hörte in seiner Stimme ein wenig Trauer und Enttäuschung. Edzio war mager, großgewachsen, rauchte billige Zigaretten und hatte dunkles steifes Haar, das am Kopf zu kleben schien. Er selbst mochte seine Geschichten über die Ponys, und es tat ihm leid, wenn er einen Zuhörer verlor, nur weil dieser älter wurde. Am freudigsten begrüßte er also die kleinen Buben, die noch nicht in die Schule gingen. Aber seine ehemaligen Kunden achtete er, mit ihnen verband ihn eine gewisse Vertraulichkeit.

So gingen sie also meistens die steile Straße hinunter auf den Platz, wo sie Herr Edzio empfing und ihnen dann für eine Stunde ein Pony gab.

Die kastanienbraune träge Stute hieß Elisa. Sie begrüßte den Knaben mit offensichtlicher Freude, warf den Kopf hoch, wobei ihre weichen, beweglichen Nüstern schnuppernd nach Zuckerwürfeln suchten.

Wenn er im Sattel saß, trabte sie langsam die steile Straße bergauf, und kaum oben angelangt, drehte sie freudig und lief im gezügelten Galopp hinunter auf den kleinen Platz. So bewegten sie sich pendelnd eine Stunde lang, einmal langsam hinauf, dann wieder trippelnd hinunter. Inzwischen saß Großmutter auf der Bank im Schatten ihres Schirmes. Manchmal aß sie Kirschen aus einer großen Papiertüte, ein anderes Mal las sie die Zeitung. Immer wenn er an ihr vorbeiritt, hob sie den Blick und rief: »Du bist Rittmeister der Ulanen, kleiner Schelm!«

Das ehrte ihn nicht sonderlich. Er war in solchen Augenblicken oberster Kriegsherr, Olympiasieger der Reiter und sogar der berühmte unbesiegbare Indianerhäuptling Sitting Bull.

Doch meistens war er er selbst. Als er vierzehn Jahre alt geworden war, begann ihn Elisa zu langweilen, ebenso die steile Gasse, Herr Edzio und die Kirschen der Großmutter. Er hatte immer weniger Lust, die Straße hinunterzugehen an dem Eisenzaun des Parks entlang, aber er sagte es nicht geradeheraus, denn er wußte, daß er seiner Großmutter weh tun würde. Er spürte, daß sie mit Veränderungen nicht mehr so leicht fertig werden würde wie er.

Nach einiger Zeit fiel es der Großmutter auf, daß er erwachsener geworden war. Er bemerkte, daß sie nun trauriger wurde... Dann gingen sie in die andere Richtung spazieren, die breite Allee im Park entlang. Am Ende der Allee war ein Teich, darauf Schwäne. Die Besucher fütterten sie mit Brot und Käse. Am Wasser gab es eine Konditorei, Großmutter und der Knabe setzten sich auf die Terrasse an ein Tischchen mit einer Marmorplatte, auf unbequeme Gartenstühle aus Holz. Großmama trank Tee, er aß Eis oder Crème mit Früchten. Die Mittagsstunden zogen an ihnen vorbei, schweigend und in glühender Hitze.

Es war die Zeit, als Großmutter immer eindringlicher an den Tod dachte; er aber an das Leben. Allmählich brauchten sie einander nicht mehr, aber die Vergangenheit hielt sie gefangen.

Manchmal bat der Knabe seine Großmutter – von Mitgefühl und Liebe getrieben – wie früher die steile Gasse zu den Ponys hinunterzugehen. Sie schien überrascht und erfreut, betrachtete ihn aus den Augenwinkeln, und das lustige Flämmchen in ihren Augen verstärkte sich. Herr Edzio begrüßte sie überschwenglich, sogar Elisa spitzte die Ohren. Der Knabe tätschelte das struppige Fell des Ponys, einen Augenblick sprachen sie mit Herrn Edzio, dann gingen sie wieder langsam bergauf. Das waren für sie beide traurige Augenblicke. Sie empfanden nicht mehr das gleiche wie früher...

Eines Sonntags, als sie die steile Straße wieder hinaufgingen, sagte Großmutter plötzlich: »Keine Rückkehr ist jemals gelungen, mein Lieber...«

Damals sagte sie schon nicht mehr ›mein kleiner Schelm‹, sondern ›mein Lieber‹ – das war ihm angenehmer.

An jenem Sonntag waren sie zum letzten Mal auf dem Ponyplatz. Danach hat er Elisa nicht wieder gesehen.

So verbrachte er also viele Jahre hindurch die Sonntage mit der Großmutter. Anfangs spielte er unter ihrer Obhut im Sand, dann ritt er die Ponys und schließlich saßen sie in der Konditorei im Park an einem Marmortischchen. Und viele Jahre lang gingen sie gegen zwei Uhr nachmittags zum Haus der Großmutter, jenem düsteren Mietshaus in einer stillen Straße im Zentrum. Und ebenso viele Jahre lang, so-weit sein Gedächtnis reichte, aßen sie gemeinsam zu Mittag in dem dämmrigen Zimmer, umgeben von dunklen Bildern in vergoldeten Rahmen.

Das Mittagessen, von Großmutter zubereitet, war un-vergleichlich. Er bevorzugte vor allem die Nachspeisen, phantasiereich gestaltet aus Obst, Biscuit, Crème, Eis und Schokolade.

Großmutter hatte eine Bedienung, eine Frau, sehr alt und schweigsam, die dem Jungen schon immer unsympathisch war. Deshalb mied er Großmutters Küche und betrat sie nur, wenn es unumgänglich war.

Nach dem Mittagessen blieb er gewöhnlich allein. Groß-mutter verschwand in ihrem Schlafzimmer, wo bunte Fäden und aufgespannte Leinenstücke auf sie warteten. Die Küchenhilfe klapperte im Innern der Wohnung mit Ge-schirr, man hörte das Wasser im Spülbecken rauschen, das ferne Zischen der Gasflämmchen auf dem Herd, manchmal das Husten der Großmutter, die über ihre Stickerei gebeugt saß.

So vergingen die Stunden des Nachmittags, schweigend, düster, warm und gelblich – dank der zugezogenen Gardinen, deshalb schienen dem Knaben die sonntäglichen Nachmittagsstunden einem Bernstein ähnlich, der von der Sonne durchglüht im Sande lag, an irgendeinem Strand, irgendwo ganz am Ende der Welt. Und wie ein Käfer im Bernstein eingeschlossen, so unbeweglich und aus früheren Zeiten war auch die Vergangenheit in diesem Zimmer.

Die Sonntage des Frühjahrs, des Sommers und des zeitigen Herbstes beendete er lange nach Sonnenuntergang. Vielleicht war das der Grund, daß er den Winter nicht leiden konnte. Im Winter fehlte nämlich in seinem Leben die Nacht! Ein Wintertag bestand aus einem dunklen Morgen, an dem der Himmel so aussah wie mit Schlagsahne gepolstert, den kurzen Stunden des Tages, die selbst bei schönem sonnigen Wetter wenig durchsichtig schienen, als wären sie von einem zarten Spinnengewebe bedeckt, und schließlich aus langen, nicht enden wollenden Abenden, die aber keine Nacht waren. Überall herrschte Bewegung, Lärm, in den dunklen Tunnels der Straßen bimmelten die Straßenbahnen und klapperten Pferdehufe. Aus den Türen der Geschäfte und Restaurants schwappte der helle Schein auf die Gehsteige, mit Dampfwolken vermischt – der Tag dauerte an, ein bißchen künstlich und dadurch störend, ein Tag, der sich der Natur widersetzte und den Platz nicht räumen wollte...

Die späten Abende des Sommers und des Herbstes ließen den Knaben das Wissen über die schlafende Natur genießen. Wenn er von Großmutter nach Hause ging durch die nahezu leeren Straßen im milden, zärtlichen Glanz der untergehenden Sonne, lauschte sein Ohr den Stimmen der Vögel, die in den Baumkronen einschliefen. Die Spatzen wurden langsam still, immer seltener erschienen die schwarzen Flügel der Schwalben an dem bleichen Stück Himmel zwischen den Häusern. Hier und da gurrte eine Taube, geweckt vom Lärm der Straße. Der Tag erlosch wie das Feuer unter der Herdplatte. Nur manchmal kam es vor, daß der Wind noch einmal für einen Augenblick die im Westen erlöschende Sonne aufleuchten ließ. Das erinnerte den Knaben wieder an die letzten lebendigen Flämmchen. Die Dächer der Häuser, meist grau oder schwarz, schimmerten jetzt wie Kupfer und Gold. Die späten Sonnenstrahlen glitten an ihnen herab zu den Gehsteigen und Straßen, sie klammerten sich an die Baumrinde, an Blätter, Fensterscheiben und das lederne Pferdegeschirr.

Dann erlosch alles, die Nacht fiel vom Himmel herab in immer dichter werdende Dunkelheit. Die Straßen verstummten, irgendwo schlug eine Kirchturmuhr elf Mal, Sterne und Mond erschienen über den Dächern der Häuser.

Es kam vor, daß er die Sterne zählte, daß er an einer Straßenecke unbeweglich stand, den Kopf nach oben gerichtet, das Gesicht wie versteinert, ganz angespannt vor Anstrengung und vom Fieber der überwältigenden Zahl erfaßt. Er zählte und zählte, bis die Augen zu tränen begannen und der Nacken sich vor Schmerz krümmte. Sein Herz erfüllte ein süßes, erschreckendes Geheimnis, vor dem seine Gedanken zu den alltäglichen Dingen flohen, zu der Physik- oder Geographiestunde am nächsten Tag. Er liebte die warmen, luftigen Nächte, in denen der Wind durch die Straßen wirbelte, den Staub von der Fahrbahn und den Gehsteigen pustete, die Gardinen der Fenster und die Kleider der späten Passanten aufblähte, daß sie aussahen wie kleine Segel.

Nur in solchen Augenblicken betrachtete er Mädchen, die immer älter waren als er selbst, denn Gleichaltrige waren zu so später Stunde nicht mehr auf der Straße.

Er hatte dieses Vorrecht, denn als er dreizehn Jahre alt geworden war, erkannte ihn sein Vater als reifen Knaben an und stellte von nun an keinerlei Bedingungen mehr. Die Stunde der Rückkehr nach Hause, Einzelheiten der Kleidung, der Frisur und die Auswahl der Speisen, aber auch die Art, in der er sich Wissen und Kenntnisse aneignen wolle, alles blieb ihm freigestellt. Im übrigen waren die Eltern sehr mit sich selbst beschäftigt.

Er betrachtete also die Mädchen. Eines Tages, es war im Herbst, Viertel nach neun, als er von Großmutter nach Hause ging durch die belebte Straße der Innenstadt, hell erleuchtet von den Lichtreklamen der Kinos, Kneipen und Nachtlokale, blieb er an einem Glaskasten mit Filmphotos stehen. Auf den Photos sah man Indianer, weiße Verbrecher und hübsche Sängerinnen aus einem Saloon im Wilden Westen. Fasziniert schaute er auf die Bilder, hinter seinem Rücken bewegten sich eilig die späten Passanten. Es duftete nach Kaffee, Nüssen und Tischlerleim, denn in der Nähe des Kinos waren ein Café und eine große Möbelschreinerei. Die Straßenbahn ächzte auf den Schienen, aus einem hellerleuchteten Hauseingang drang fröhliche Musik, man vernahm die angeheiterten Stimmen der Gäste. Etwas höher waren die Fenster der Billardsäle, dort hörte man ganz deutlich das Klopfen der Stöcke, die an die Kugel stießen, das kurze durchdringende Klingeln, das ein ›getroffen‹ meldete, und die matten Stimmen der Spieler.

Damals, in dieser Großstadtatmosphäre, die in einen herben, herbstlichen Abend getaucht war, lernte er zum ersten Mal die schmerzliche Begierde kennen. Irgend jemand stieß seinen Arm an, und als er aufblickte, sah er in die Augen eines Mädchens. Sie hatte üppiges, aschblondes Haar und einen vollen Mund. Ein Ausdruck der Spannung lag in ihrem Gesicht. Sie trug ein leichtes Kleid, zu dünn für diese Jahreszeit, und sah aus, als müsse sie vor Kälte sterben. Und doch bemerkte er, daß ihre Stirn feucht war, und er wunderte sich, wie man gleichzeitig Kälte und Hitze empfinden konnte...

Sie sagte sehr schnell, mit hoher Stimme, in der durchdringende Angst schwang: »Gib mir deine Hand. Ich bin deine Schwester...«

»Ich habe keine Schwester«, sagte er, gab ihr aber trotzdem die Hand.

Das Mädchen zog ihn mit sich in die Menschenmenge. Sie gingen schnell in ungleichem Schritt. Er spürte die Wärme ihrer Hand, hörte ihren flachen Atem, und als er nach der Seite blickte, sah er ihr Profil, unbeschreiblich schön, grünlich im Licht der Neonleuchten, wie eine Plastik oder eine Totenmaske. Ein Schauer der Unruhe überkam ihn, und zum ersten Mal spürte er, daß er ein Mann war. Er war bereit, gegen die ganze Welt anzutreten, wenn nur der Atem dieses Mädchens freier würde und ihr Blick freudiger.

Plötzlich stellte er fest, da sie gleich groß waren und er sie sogar ein bißchen überragte. Er fühlte, daß ihre Hand schmiegsamer, zerbrechlicher, schwächer war als seine, und bemerkte auch, daß sein Schritt länger war und sie sich beeilen mußte, um mitzuhalten.

Er verlangsamte seinen Gang, da sagte sie: »Komm, wir gehen. Schneller, schneller!«

Er ging ein klein wenig vor. Jetzt führte nicht mehr sie ihn, sondern er sie an der Hand.

»Wie alt bist du?« fragte sie.

»Fünfzehn«, mogelte er, denn er war erst vierzehn und vier Monate alt.

»Du bist ein erwachsener Kavalier«, sagte sie. Und er sah wieder Schweißtropfen auf ihrer Stirn, eine feuchte Spur auf ihrer Oberlippe und dem Kinn.

»Warum fliehen Sie?« fragte er.

»Ich fliehe nicht«, antwortete sie. »Ich fliehe doch nicht . . .«

In ihrer Stimme klang Spannung. Sie bogen in eine Seitenstraße. Plötzlich blieb sie stehen, sah sich um. Ihre Unruhe schwand langsam. Sie gingen in einen dunklen Hauseingang. Hier herrschte Kühle, die von den alten Steinen ausging. Es roch nach Pferdeurin und frisch gewaschener Wäsche. Im Hof war eine Mangel.

»Ich danke dir«, sagte das Mädchen.

»Wer hat Sie verfolgt?« drängte er mit etwas schärferer Stimme und wunderte sich über seinen eigenen Mut.

»Das wirst du nicht verstehen. Du bist fünfzehn . . .«

»Und Sie?«

»Was tut das zur Sache? In einem Monat werde ich zwanzig. Für dich bin ich zu alt.«

Und plötzlich drückte sie den Jungen an sich. Er spürte ihre Brüste unter dem Kleid und empfand eine Wut, wie sie bisher niemals in seinem Herzen war. Es war ein beinahe tierisches Gefühl. Er hatte Lust, dieses Mädchen zu beißen, sie zu zerreißen, ihre Brüste, ihren Hals, die Arme, das Gesicht, ihren ganzen Körper zu zerstückeln, um in ihn einzudringen, am tiefsten, schmerzlichsten, am heißesten . . .

Er lief aus dem Tor wie von Sinnen, rannte vor sich hin, bis ihm der Atem ausging. Und als er dann anhielt auf einem leeren Platz, im Schatten der alten Bäume, in der Stille und Dunkelheit, da dachte er verzweifelt, daß er noch niemals geliebt hatte. Denn es war noch keine Liebe, was er vor Jahren erlebt hatte, in der ersten Klasse, als er kaum sieben Jahre alt mit seinem Vater eine Schiffstour flußaufwärts machte...

Auf dieses Abenteuer hatte er sich sehr gefreut. Seine Phantasie hatte die Schwelle der bisherigen Erfahrungen überschritten und war wie ein Schiff in große Gewässer ausgelaufen. Das hatte wohl auch sein Vater im Sinn, der das Kind mit Umsicht und Vernunft erzog. Er war ein intelligenter, gebildeter Mann, der wußte, daß man die Gedankenwelt des Kindes nicht entwickeln konnte, ohne ihm stets neue Anregungen zu bieten und sein Wissen über die reale Wirklichkeit zu vertiefen. Aber der Vater war wohl überrascht, als er bemerkte, wie schnell sich der Junge in den wenigen Tagen seines Lebens an Bord entwickelt hatte.

Das Schiff war klein, schmal, mit weißer Ölfarbe gestrichen; es bewegte sich nach altmodischer Art vorwärts mit Hilfe von zwei Schaufelrädern, die ununterbrochen das Wasser aufrührten. Sie fuhren langsam durch eine flache Ebene, an beiden Ufern erstreckten sich Tümpel, von Weidengestrüpp besäumt, weite Wiesen, so flach wie ein Tisch, auf denen Kühe weideten. Hier und da zeichnete sich wie ein schwarzer Strich am Himmel ein Baum ab, in seinem Schatten schlummerte ein Angler, auf einen Stein gekauert. Der dunkle Rauch aus dem Schornstein ihres Schiffes zog unendlich lange hinter ihnen her.

Das Wetter war angenehm, so daß die Gesellschaft die meiste Zeit auf Deck verbrachte, wo man vom Morgen bis zum späten Nachmittag in Liegestühlen sonnenbaden konnte. Da dies ein ziemlich kostspieliger Zeitvertreib war, überwogen auf dem Schiff wohlhabende Leute, die ein klein wenig träge, dem Kartenspiel und erlesenen Getränken zugeneigt, ziemlich lockere Sitten an den Tag legten.

Der Knabe empfand den Mangel an Gleichaltrigen auf dem Schiff nicht als unangenehm. Eigentlich weilte er beinahe während der ganzen Reise in der fernen, geheimnisvollen Phantasiewelt seiner Abenteuer. Selbstverständlich war er der Kapitän dieses Schiffes, das Schiff fuhr den Mississippi aufwärts, um von den Indianern im Inneren des Landes kostbare Pelze zu kaufen, die er mit Waffen, bunten Perlen und Pferdegeschirr bezahlte. Der Kapitän verbrachte ganze Tage an dem Bug und suchte den Horizont nach Spuren der Indianer ab. Manchmal entdeckte er Rauch. Dort waren ihre Siedlungen. Dann wieder erblickte er hinter der Flußbiegung ihre Wigwams, Viehherden waren auf den Weiden, und Krieger tummelten sich auf ihren Pferden. Da befahl er anzulegen.

Hatten die Matrosen den Befehl ausgeführt, so ging die heitere Gesellschaft an Land und fuhr in Kutschen in das nahegelegene Städtchen, wo es meistens ein kunsthistorisch interessantes Renaissancekirchlein gab oder ein berühmtes Gasthaus. Er selbst blieb aber an Bord, um seine schwierigen Geschäfte mit den Indianern zu erledigen, Pelze zu kaufen und Musketen zu verkaufen. Es galt, mit starker Hand die versoffenen Matrosen bei der Stange zu halten und auch die Indianer zu bändigen, die ihn zu betrügen suchten. Das gelang ihm meist mit Hilfe seiner Fäuste, doch ein paar Mal mußte er auch nach der Waffe greifen. So hatte er einmal auf einen Indianer schießen müssen, der mit dem Messer nach ihm geworfen hatte, er war geschickt zur Seite gesprungen. Das Messer blieb in einem Brett stecken, noch lange zitterte sein Griff. Da schoß er aus der Hüfte, der

Indianer drehte sich und fiel schwer zu seinen Füßen nieder.

Das war eine schwierige Szene, denn er mußte sowohl er selbst sein als auch sein Gegner. Zuerst warf er das Messer als wütender Indianer, dann sprang er gleich zur Seite, schoß aus der Hüfte, lief auf die andere Seite des schmalen Decks und fiel leblos auf die nassen Bretter.

Als er wieder aufstand, um vom Indianer zum Käptn zu werden, traf ihn das Lächeln einer jungen Dame, die ihn, über die Balustrade des Oberdecks gebeugt, beobachtete.

»Wer bist du?« fragte sie.

Er war ein braver, gut erzogener Junge, also schlug er die Hacken zusammen und verbeugte sich. Dabei sagte er seinen Namen und erklärte, wer sein Vater sei. Die Dame war enttäuscht.

»Das meinte ich nicht«, sagte sie. »Wer bist du jetzt? Ein Korsar?«

Das beschämte ihn. Mit einer Kopfbewegung verneinte er. Langsam kam sie die Treppe herunter und trat in seine Nähe.

»Ich dachte, du seist ein Korsar«, sagte sie, »und hast eben einen spanischen Offizier getötet, der schwarze Sklaven bewachte... Wirst du ihnen die Freiheit schenken?«

»Hier gibt es keine Sklaven«, antwortete er schon etwas sicherer.

»Ich bin der Kapitän eines Mississippi-Dampfers und habe angelegt, um von den Indianern Pelze zu kaufen. Sie wollten mich hintergehen.«

Die Dame wurde ein wenig nachdenklich, biß sich auf die Lippen und sah sich vorsichtig um.

»Sie können sehr gefährlich sein«, sagte sie. »Sie sind keine Freunde der weißen Händler. Zu oft hat man sie betrogen.« Plötzlich schrie sie auf und duckte sich.

»Paß auf!« rief sie. »Sie schießen mit Pfeilen. Die sind vergiftet ...«

Er war nicht gerade hingerissen. Nun biß er sich auf die Lippen und überlegte, wie er ihr zu verstehen geben könnte, daß er sie gar nicht brauchte und ihre Einfälle mit den vergifteten Pfeilen einfach dumm waren. Sie hatte ihm das Spiel verdorben. Sie wollte daran teilnehmen, aber es gab keinen Platz mehr in seiner geschlossenen farbigen Welt, wo der Präriewind die Mähnen der galoppierenden Pferde zerzauste, die Kugeln der Musketen pfiffen, das Tauwerk des alten Dampfers knarrte, wo die Lieder der Matrosen erklangen, die ihren Gin tranken, und wo die Pulverfässer über die Schiffsplanken polterten.

Plötzlich erschien sie in der Menge der unrasierten Matrosen und halbnackten Indianer, in ihrem grünen Sommerkleid, den grünen Pantöffelchen und mit einem Armband, das an ihrem schmalen Handgelenk klirrte, um alles ganz anders zu sehen, Unordnung in seine Fabel zu bringen, die so sorgfältig ausgedacht war und sich so schön entwickelte, in der zwar ein Zufall etwas durcheinanderbringen konnte, aber nur so, daß zum Beispiel der getroffene Indianer mit letzter Kraft aus seinem Gurt eine Pistole zog oder aber statt auf das Deck in den Fluß stürzte.

Eine Übereinstimmung seiner Phantasie mit der eines anderen Menschen war nicht möglich. Vielleicht war das der Grund, aus dem er am liebsten allein spielte, selbst dann, wenn er mit Schulfreunden zusammen war. Er stritt nicht gerne darum, wer Indianer sein sollte und wer ein Weißer, wer die Führung der Einheit übernehmen sollte, die sich aus dem Schützengraben bei Verdun zurückzog, und wer das Erkundungsflugzeug fliegen sollte, das mit einem Befehl aus dem Hauptquartier landen mußte... Eben deshalb lebte er einsam, und andere, gleichaltrige Jungen hatten keinen Zutritt zu seiner Welt. Aber trotzdem hatten diese ein bißchen mehr Ahnung von den Ereignissen, die da vor sich gingen. Keiner von ihnen wäre auf die verrückte Idee gekommen, an den Ufern des Mississippi, in dem Augenblick, wenn ernsthafte Geschäfte getätigt werden, mit vergifteten Pfeilen ein Handelsschiff einzudekken. Genauso gut hätte man in die Geschichte der Expedition General Nobiles zum Nordpol, deren Mitglieder nach der Katastrophe des Lenkballons umkamen, eine Schlägerei einfügen können, wie sie in Texas oder Arizona vorkam.

»Du hast wohl keine Lust, mit mir zu spielen«, sagte die Dame.

Er nickte und empfand Groll gegen sie. Wieder hatte sie ihn verärgert. Vielleicht war es aus ihrer Sicht tatsächlich ein Spiel. Für ihn aber war es Wirklichkeit. Sie war es, die nicht hineinpaßte mit ihrer dunklen Krone aus dichtem Haar, mit grünen Lidschatten, schlank, schmächtig, zart, wie eines der Pferde, die manchmal eingeritten wurden auf seiner Ranch in Colorado. Dort weideten seine Herden. Diese Dame hatte überhaupt keine Ähnlichkeit mit all den Frauen, die gelegentlich in seinem Leben auftauchten, in dicken Röcken, farblos, ohne Gesichter, die eher Statisten waren in einem belagerten Blockhaus, im Lager oder in den Ruinen einer Burg, wenn sie durch die Dunkelheit glitten, den Männern Verpflegung brachten oder aus Angst vor dem Überfall, der am nächsten Morgen erwartet wurde, leise vor sich hin weinten. Jene Frauen waren beinahe körperlos, diese Dame aber schien ausschließlich Körper zu sein. Sie bestand aus Haaren, einem Gesicht, dem Hals, Schultern, Brüsten, Augen und Händen, doch das alles hatte keinen Sinn. Sie hatte keine Rolle zu spielen, und ihr Bemühen, eine nützliche Teilnehmerin an den Ereignissen zu sein, war wirklich sinnlos.

Er stand ein wenig ratlos an Deck, unsicher, wie er sich benehmen sollte, um diese Frau vorsichtig und zart aus seinem Leben zu drängen. Der Zufall kam ihm zu Hilfe, denn auf dem Steg erschien ein großgewachsener, schlanker, sportlicher Mann in Leinenhose und heller Sommerjacke, beladen mit Tüten voll Obst. Er kam aus dem Städtchen zurück, wo er Einkäufe für die weitere Reise gemacht hatte. Als die Dame ihn erblickte, verlor sie sofort das Interesse für Indianer, vergiftete Pfeile und den Pelzhandel. Nun war er wieder allein auf dem Deck und konnte die Angriffe betrunkener Krieger abwehren, die ohne Rücksicht auf die Schüsse aus den Musketen das festliegende Schiff zu stürmen versuchten. Aber in seiner Phantasie ging die Schlacht schon zu Ende. Er blickte um sich und sah das sonnige Deck des Flußdampfers, den rußgeschwärzten Schornstein, die Fensterscheiben des kleinen Speisesaals, vom Licht wie zerbrochen, und etwas weiter entfernt träges Wasser, ein Pferd, das im hohen Gras weidete und einen Weg, unordentlich gepflastert, über den eine unglaublich staubige Kutsche rumpelte.

Er war allein, ganz allein, und sogar seine mutige Mannschaft, unempfindlich gegen die Mühsal der Fahrt auf dem wilden Mississippi, war irgendwo geblieben. Da sah er die Dame im grünen Kleid, die sich auf dem Oberdeck mit dem sportlichen Herrn unterhielt, und spürte einen schmerzlichen Stich. Er begriff, daß er ein kleiner Junge war und seine Welt eine Welt des Scheins, die durch ein einziges ungeschicktes Wort auseinanderbrechen kann.

Der Knabe ging zurück in seine Kajüte, sie war ziemlich klein und die Luft darin stickig. Dort waren zwei Kojen, ein Tischchen, ein Stuhl, das Waschbecken. Durch das Bullauge fiel die Sonne herein, hinter der Wand gluckerte eintönig das Wasser. Er legte sich in die Koje, schloß die Augen und wollte woanders hinfahren. An der weißen Decke tanzten die Reflexe des grellen Lichts, vom Wasser zurückgeworfen, also lenkte er seine Phantasie zu den südlichen Meeren. Er besaß genügend Kraft, um sich in einem Augenblick aus einem Händler im Mittleren Westen in einen Seemann zu verwandeln, der auf dem Ozean den Kurs zu den Fidji-Inseln verloren hatte. Zum Glück war der Tag ruhig, und es drohte kein Sturm. So konnte er sein Schiffchen mühelos steuern, den Blick in die Ferne gerichtet, in der Hoffnung, am Horizont Land zu entdecken. Etwas störte ihn auf dieser Reise. Er war nicht mehr allein an Bord, fühlte auch nicht mehr die abenteuerliche Ungewißheit. Die Anwesenheit eines anderen Menschen war ihm lästig. Wenn er aufmerksam das Deck seines Seglers betrachtete, bemerkte er immer in seiner Nähe diese Frau im grünen Kleid, die ihn mit spöttischer Zuneigung beobachtete. Was blieb ihm übrig, als in ihr eine gerettete Reisende eines untergegangenen Transatlantikschiffes zu sehen, die er auf einer menschenleeren Insel gefunden hatte – und sich damit abzufinden. Aber dadurch hatte er ihre Anwesenheit auf sich genommen, mußte ihre Gesellschaft dulden und bei Gefahr sogar an sie denken. Er übernahm die Verantwortung für ihr Leben und ihre Sicherheit, das schränkte die Freiheit seiner Handlungen ein. Zwei Menschen an Bord eines vom Kurs abgekommenen Schiffes, das war eine ganz neue Lage. Ihm fiel ein, daß er mit der Frau seine geringen Lebensmittelvorräte teilen mußte, und er änderte sofort die Versorgung, füllte die Speisekammer auf. Schließlich segelte er ja nicht über die Meere, um sich zu kasteien.

Als ein fürchterliches Gewitter aufgezogen war, zeigte er sich fürsorglich, empfahl ihr, unter Deck Schutz zu suchen, und kümmerte sich im strömenden Regen, bei Donner und starkem Wellengang um das Segel. Aber sogar in den schwierigsten Augenblicken, wenn er seine ganze Aufmerksamkeit auf die nassen, glitschigen Taue zu richten hatte, die ihm aus den Händen glitten, sah er das bleiche, entsetzte Gesicht der Frau, ohnmächtig vor Angst in der Kajüte unter Deck.

Zum ersten Mal rief er ihr zu: »Fürchten Sie sich nicht, ich schaffe es schon!«

Sehr bald aber ließ er die artigen Manieren beiseite. Als sie wieder vor ihm stand, zitternd vor Angst, hilflos und zerbrechlich, rief er scharf: »Hab keine Angst! Schöpf das Wasser ab!«

Er warf ihr ein Eimerchen zu, und sie begann gehorsam das Wasser abzuschöpfen, das schon bis zu den Knöcheln reichte. Eine Zeitlang beobachtete er die Bewegungen dieser Frau, deutlich sah er, wie sie sich bückte, den Eimer bis an den Rand füllte, sich aufrichtete und dann den ganzen Körper vorbeugte, um das Wasser über Bord zu kippen. Jede ihrer Bewegungen, harmonisch und fließend, bereitete ihm Vergnügen.

Plötzlich hörte er das warnende Knarren des Mastes und erwachte. Er war wieder allein an Deck und hantierte mit den Tauen. Das war sehr anstrengend, und plötzlich hatte er die Südsee satt, den Sturm, das Wasserschöpfen, Gewitter und das Gefühl der Bedrohung. Er sah sich in der kleinen, gemütlichen Kajüte um, stand auf und ging an Deck.

Eine Dreiviertelstunde später legten sie ab, wieder glitten an beiden Ufern des Flusses flache Wiesen vorbei mit Rinderherden, am Horizont tauchten Dörfer auf, über denen Rauchstreifen aus den Schornsteinen standen.

Der Gong versammelte die Gesellschaft im Speisesaal zum Tee. Vater hatte aus der Stadt Schokolade, Obst und auch die neuesten Zeitungen mitgebracht und vertiefte sich gleich nach der Mahlzeit in seine Lektüre. In diesem Augenblick ging die Dame im grünen Kleid am Tisch vorbei.

»Hast du die Indianer besiegt?« fragte sie lächelnd.

»Nein«, gab er zurück. »Aber Sie habe ich von einer einsamen Insel gerettet...«

Ringsherum brachen die Leute in Gelächter aus. Alle lachten, doch die Dame nicht. Sie sah den Knaben aufmerksam an und sagte: »Ich muß sehr hilflos und erschrocken gewesen sein...«

Er nickte.

»Du konntest mit mir nicht rechnen«, fügte sie hinzu.

Wieder nickte er.

»Wie seltsam«, sagte die Dame, zu dem sportlichen Herrn gewandt. »So ein kleiner Junge, und wie gut er mich kennt...«

Der Mann lachte. Er hatte wunderschöne weiße Zähne wie ein Filmschauspieler. Sie war noch immer ernst und nachdenklich. Da dachte der Knabe, daß sie vielleicht unglücklich sei. In ihm erwachte Unwillen gegen den großgewachsenen, eleganten jungen Mann in Leinenhose und Jacke, denn er mußte die Ursache aller Sorgen dieser Frau sein. Und gleichzeitig erlebte er das seltsame Gefühl der

Übereinstimmung, der vollständigen Aussöhnung und des Verstehens, für das man ein Opfer bringen möchte. Es dauerte nicht lange, vielleicht nur einen Augenblick, vielleicht auch so lange wie die Schiffsreise. Aber dieses Gefühl blieb in seinem Gedächtnis als unschätzbare Erfahrung, die er niemals im Umgang mit Gleichaltrigen hätte gewinnen können, vorher nicht und nicht in späteren Jahren. Und er kehrte zu dieser Erfahrung zurück, die wuchs und mächtig wurde, um eines Tages im Herbst, bei Sonnenaufgang, als er plötzlich wach wurde, seinem Mund das Stöhnen einer unbeschreiblichen Sehnsucht nach dieser Frau zu entlocken, dieser Frau, deren Namen er nicht kannte, die kein Gesicht mehr hatte, deren Züge von der Zeit bereits verwischt waren, die ihre Stimme verloren hatte und sogar jene wenigen Einzelheiten, die sie einst umgaben, die Farbe ihres Kleides und der Haare, den Ausdruck der Augen, die Form ihrer Hand ... Geblieben war nur die Erinnerung, daß es sie gab, und das allein verlangte nach Mitgefühl, Verständnis, Obhut und vor allem Nähe. Und er litt, weil er begriff, daß er diese Frau nie wiedersehen würde und sie vielleicht seine Anwesenheit in ihrem Leben gar nicht bemerkt hatte.

Als er fünfzehn geworden war, wußte er, daß das keine Liebe war. Aber er wußte auch, daß er damals auf dem Deck dieses Flußdampfers zum ersten Mal die Sehnsucht nach Liebe verspürt hatte, die ihn von da an nicht mehr verlassen sollte ...

In dieser Zeit, als er eben fünfzehn Jahre alt geworden war, ging er einer seltsamen Beschäftigung nach, die für gewöhnlich nur ältere Menschen fasziniert – er beschloß, sein Leben zu ändern. Nicht allzu ernsthaft dachte er daran. Ihm waren einfach zum ersten Mal Zweifel gekommen, ob mit ihm alles stimmte. Anders ausgedrückt: er hatte aufgehört, sich selbst zu gefallen, er begann Risse und häßliche Sprünge auf seinem eigenen Konterfei zu entdecken. Er sah sich um und stellte fest, daß er vollkommen allein war. Um die Wahrheit zu sagen: die Schule hatte er noch nie gemocht. Jeden Morgen ging er dahin mit einer gewissen Unlust. Im Winter war es leichter für ihn, denn da gab es nichts, was seine Aufmerksamkeit fesseln konnte. Aber im Frühling und im Herbst trennte er sich nur ungern von den Stunden des Vormittags. Er hatte immer das Gefühl, als würde ihm die Schule seine Freiheit rauben. Er beneidete die Kameraden, die gerne in die Klasse kamen, sogar mit etwas Sehnsucht nach dem Lärm, nach der zerkratzten Bank, nach dem schwarzen Viereck der Tafel. Er wünschte, einer von ihnen zu sein, doch es gelang ihm niemals, jene sorglose Einstellung zu bekommen und die träge Verantwortungslosigkeit, die er bei den Gleichaltrigen fand.

Die Schule quälte ihn von Anfang an. An den ersten Tag erinnerte er sich noch sehr lebhaft. Man kleidete ihn sorgfältig an, er duftete nach Pomade, denn die Haare sollten schön anliegen. Er hatte einen neuen Anzug bekommen, und eben weil der ganz neu war, fühlte er sich darin scheußlich. Auf dem Rücken trug er einen leeren Ranzen. Das schien ihm völlig sinnlos. Der Tag war warm, sonnig. Seine Mutter führte ihn an der Hand.

»Hab keine Angst, Schätzchen«, sprach sie, als sie durch den Park zur Schule gingen.

Er hatte gar keine Angst, sondern er war eher neugierig. Das Schulgebäude wirkte riesig, finster. Es war vor langer Zeit erbaut worden, am Eingang wachten zwei Riesen aus Stein. Die Flure rochen frisch und fremd, auf dem gewachsten Boden konnte man kaum das Gleichgewicht halten.

Plötzlich verschwand seine Mutter, und er fand sich an der Seite einer großen, dicken Frau mit einer Brille wieder. Diese Frau wurde seine erste Lehrerin, bei ihr lernte er Buchstaben zu Wörtern zusammenfügen, Wörter zu Sätzen. Sie führte ihn in das Gestrüpp der Zahlen und half ihm, die Umrisse der Kontinente auf der Landkarte zu erkennen.

Sie war ein guter Mensch mit viel Verständnis, doch als er sie nach zwei Jahren immer seltener sah, verschwammen sehr bald in seinem Gedächtnis ihre Züge, der Klang ihrer Stimme, ihre Bewegungen. Und doch hatte er eine besondere Sympathie für diese Lehrerin bewahrt, und wenn er sie später zufällig in der Nähe der Schule traf, war er für einen Augenblick froh.

Seine Kameraden, die er an jenem Tag in der Klasse vorfand, waren siebenjährige, braungebrannte Jungen in kurzen Hosen und weißen Hemden. Er konnte nicht verstehen, warum sie so temperamentvoll, geschwätzig und ausgelassen waren. Damals war er zum ersten Mal Gleichaltrigen begegnet, und das enttäuschte ihn sehr. In den Pausen liefen sie wild durch die langen Flure, lärmten, prügelten sich, zogen sich an den Haaren oder spielten mit Begeisterung auf dem engen, staubigen Schulhof Fußball. Er mied sie. Während des Unterrichts starrte er durchs Fenster und beobachtete, wie die Wolken über den Dächern hinzogen. Damals dachte er viel an die Bäume im nahegelegenen Park, an Eichhörnchen, Hunde und Katzen. Er dachte auch an Vögel, die er besonders liebte. In der Klasse fehlten ihm der Wind, die Blätter und die Wolken, das Klappern der Pferdehufe auf dem Steinpflaster, das Quietschen der Straßenbahn und auch der Fluß, der mitten durch die Stadt zog und über dem zwei rostige, schwarze Brücken schlummerten wie vorsintflutliche Eidechsen. Niemals wurde er in der

Klasse das Gefühl los, eingesperrt zu sein. Er sehnte sich nach der offenen Weite der Landschaft, und, weil sie fehlte, fühlte er sich bedroht.

Dabei fiel ihm das Lernen nicht schwer. Er war ein guter Schüler, schrieb schön und deutlich, rechnete schnell und fehlerlos. Doch diese Erfolge freuten ihn nicht. Einsamkeit quälte ihn, die er nicht überwinden konnte. In der Schule fühlte er sich fremd, anders als alle anderen Schüler – und erst nach Jahren begriff er, daß jeder seiner Kameraden ähnliche Sorgen verspürt hatte.

Wie sehr zu Unrecht er sich anders, einsam und isoliert gefühlt hatte, entdeckte er erst in seinem fünfzehnten Lebensjahr, als er seine Kameraden nach den Namen der Mitschüler aus der ersten und zweiten Klasse fragte. Wie wenige waren ihnen im Gedächtnis geblieben!

Zunächst zählten sie ohne Schwierigkeiten einen Namen auf, einen zweiten, dritten. Dann zeigten sie eine gewisse Unruhe. Sie marterten angespannt ihr Gedächtnis, immer stärker entsetzt darüber, nur Leere vorzufinden. Noch ein Name und noch einer, aber schon von der Person getrennt, trocken, ohne Bedeutung. Sie zuckten die Schultern, etwas betrübt. Ausgelöst durch diese Frage, prüfte so mancher zum ersten Mal das Funktionieren seines eigenen Gedächtnisses und erfuhr bittere Enttäuschung. Alles, was ihr Schulleben in den ersten Jahren ausmachte, zeigte sich so vergänglich und unstet, als hätten sie nur geträumt, und nach dem Erwachen blieben nur Teile, aus denen sich kein sinnvolles Ganzes zusammenfügen ließ. Da fühlte er Erleichterung, denn nun wußte er, daß er keine Ausnahme war, kein Wundertier, kein Sonderling, kein Invalider.

Doch er war in der Schule nicht ganz einsam, denn es gab ja auch Lehrer. Zwei von ihnen waren in sein Leben eingegangen, der erste mit ungeschicktem Charme, ein wenig verschämt, in einem Schwall von Worten und wunderlichen Grillen seiner üppigen Persönlichkeit. Der andere unvermittelt, steif, wie ein Unteroffizier in der Kaserne. Der erste war sein Lehrer für Polnisch, er genoß auch außerhalb der Schule den Ruhm eines guten Schriftstellers, auf seinen Namen stieß man in den Schaufenstern der Buchhandlungen und in der Presse. Sein Äußeres erinnerte an die Romane des 19. Jahrhunderts. Er war ein Mann von sehr hohem Wuchs, mit breiten Schultern, einem mächtigen Kopf, der schon kahl wurde, und einem wunderschönen, üppigen Prophetenbart, der in sanften Wellen lodernd auf seine Brust fiel. In seiner Jugend war er sicher ein außerordentlich schöner Mann gewesen. Vor den Schülern berief er sich gerne auf seine Vergangenheit, in der es an Verwirrungen, Liebesabenteuern, Extravaganzen und begangenen Dummheiten nicht mangelte.

Die Schüler pflegte er kameradschaftlich zu behandeln, versuchte, den Abstand zu ihnen zu verwischen, und nahm häufig die Haltung eines guten Kameraden ein. Gelegentlich war er streng, dann wieder tolerant. Er half gerne den schwächeren Schülern, versäumte es aber niemals, sie ein klein wenig vor der Klasse lächerlich zu machen. Ab und zu gebrauchte er derbe Vokabeln, bediente sich der Schülersprache, und solche Worte wie Beschiß, Klopperei, Eierkopp gehörten zu seinem ständigen Vokabular. Er hatte auch seine eigenen Redewendungen, die die Schüler schätzten. Wenn einer zur Tafel gerufen wurde und miserabel die gestellten Fragen beantwortete, schickte er ihn zurück auf seinen Platz und sprach den schwerwiegenden Satz:

»Küß dem Hund die Nase, aber paß auf, daß er sich nicht umdreht, sonst gibt es ein furchtbares Unglück.«

Die Klasse beantwortete jene Weisheit mit einer Lachsalve, der Professor strich sich mit ernstem Gesicht über den roten Bart, hinter der Brille blitzten seine lustigen Augen.

Der zweite Lehrer, den der Junge im Gedächtnis behalten hatte, war ein schlanker Mann mit äußerst vornehmen Manieren. Die Soutane betonte, anders als bei den meisten Priestern, seine schlanke Figur und die beinahe weibliche Taille. Üppiges graues Haar verschönte das klassisch strenge Profil eines Asketen. Er trug eine Brille mit Goldrand, hielt sich immer gerade und erweckte allgemeine Aufmerksamkeit mit der Sauberkeit und Gepflegtheit jeder Einzelheit seines geistlichen Gewandes. Das paßte nicht zu dem stets abwesenden Blick eines Klosterbruders, der leisen Stimme und den nervösen Bewegungen seiner Hände. In der Rechten pflegte er einen langen, dünnen Bleistift zu halten, mit dem er erbarmungslos jenen Schülern auf die Ohren schlug, deren Antworten fehlerhaft waren.

Der Polnischlehrer war ein Mensch, den die Schüler mühelos hintergehen konnten, der Präfekt dagegen erweckte in ihnen Respekt, der sich mit Angst vermischte. Jener Riese mit dem roten Bart hatte es aber trotzdem verstanden, den Knaben die Liebe zur Literatur einzuprägen, während es dem Pfarrer nicht gelungen war, in ihren Herzen Gottesfurcht zu wecken. In seinem Unterricht schien Gott das Ergebnis mathematischer Berechnungen zu werden, oder aber er war gar nicht anwesend. Sie lernten viel über seine Eigenschaften, er selbst blieb ihnen fremd, geheimnisvoll, fern. Im Grunde genommen gab es im Religionsunterricht mehr Literatur und in den Literaturstunden mehr Göttliches. Vielleicht lag das an dem wunderbaren Bart des Lehrers und an seiner verständnisvollen Güte.

Der Knabe litt unter der Erkenntnis, daß die Religion für ihn ein totes Fach geworden war. Er dürstete nach mystischem Erleben, obwohl er dies nicht auszudrücken vermochte. Eines Tages faßte er Mut zu einem Gespräch unter vier Augen mit dem Priester. An diesem Tag war Religion die letzte Unterrichtsstunde gewesen, und nachdem seine Kameraden das Klassenzimmer verlassen hatten, war er mit dem Lehrer allein geblieben. Draußen fiel spätherbstlicher Regen. Langsam zog die frühe Dämmerung eines Novembertages auf.

»Was willst du?« fragte der Präfekt. Seine Brille blitzte unruhig.

»Ist der Herrgott gut?« fragte der Junge sehr leise.

»Gott ist gut«, antwortete der Priester.

»Und allmächtig?«

»Und allmächtig«, antwortete wieder der Priester.

»Er kann also bewirken, daß die Menschen nicht mehr zu leiden brauchen?«

»Alles kann er tun. Aber durch das Leiden legt Gott den Menschen Prüfungen auf...«

»Damit sie erlöst werden?«

»Ja, damit sie erlöst werden.«

Er stand in seiner schweren Soutane vor der schwarzen Tafel. Dunkelheit, die sich in der Klasse ausbreitete, verwischte die Umrisse seiner Gestalt, nur die graue Mähne war noch deutlich zu sehen. Mit den Fingerspitzen hielt er den langen, dünnen Bleistift, der in der Luft zitterte, als wäre die innere Spannung des Menschen darauf übergegangen. Die Stimme des Priesters war eisig, fast beleidigend, seine Worte zerschnitten die Stille.

»Ich habe Kopfschmerzen«, sagte der Knabe und fügte dann schnell hinzu: »Und die Tiere?«

»Was meinst du damit?«

»Können die Tiere erlöst werden?«

»Nein, sie haben keine Seele...«

»Warum leiden sie dann? Gott braucht ihnen doch keine Prüfungen aufzuerlegen, wenn sie nicht erlöst werden können.«

»Gott tut, was er will. Und es ist nicht unsere Aufgabe, über seinen Willen nachzudenken... Hast du Kopfschmerzen?«

»Ein wenig«, antwortete der Junge, »aber ich verstehe nicht...«

»Es ist nicht unsere Sache, Gottes Launen zu begreifen«, sagte der Pater und machte eine plötzliche Bewegung. Sein schmaler Schatten war von der Tafel gewichen und glitt an der weißen Wand entlang. Der Priester streckte den Arm aus, knipste den Schalter an – das grelle Licht vieler Lampen ergoß sich über den ganzen Raum. Der Wind schlug dicke Regentropfen gegen die Scheiben. Der Knabe sah seinem Lehrer in die Augen, erblickte aber nur einen Lichtreflex in den Gläsern der Brille. Er hatte Lust, diesem Menschen zu sagen, daß sein Wissen über Gott wenig wert sei und seine Liebe zu Gott jämmerlich, aber es fehlte ihm der Mut dazu, auch wußte er diesen Gedanken nicht auszudrücken.

Das Gespräch war beendet. Er dachte noch lange daran. So lange, daß er später, als eine Zeit der Frömmigkeit in seinem Leben einsetzte, manchmal darum betete, Gott möge dem Pater Präfekten dessen Kleinmut vergeben. Dagegen betete er niemals für seinen bärtigen Lehrer der Literatur. Er war überzeugt, daß kaum jemand so sicher die Erlösung verdient hatte wie dieser rothaarige Riese...

So war er sich also darüber im klaren, daß seine Einsamkeit in der Schule viel größer gewesen wäre, hätte es nicht diese beiden Lehrer gegeben. Der Rotbart – so nannten sie ihren Polnischlehrer – half ihm, den Wert der Einsamkeit zu begreifen und zu schätzen, denn er hatte ihm die Liebe zur Literatur eingeimpft. Der Rotbart hatte ihn die selbstloseste Liebe, die ein Mensch empfinden konnte, gelehrt – die Liebe zum Buch.

Dem Präfekten mit dem lieblichen Beinamen ›Lilie‹ – Schüler in den höheren Klassen hatten ihn in den ausdrucksvolleren Namen ›Torquemada‹ umgewandelt – verdankte der Knabe jedoch im Grunde noch mehr! Die trockene, kleinliche Beschränktheit des Religionslehrers zwang ihn zu der schweren, manchmal geradezu verzweifelten Pflicht, ganz allein und selbständig Gott zu suchen. Nur diese beiden Menschen haben sein damaliges Leben bereichert und ihm einen neuen Sinn gegeben. Außer ihnen hatte kaum etwas Bedeutung. Ohne sie brauchte es für den Knaben keine Schule zu geben.

Sie waren angekommen. Vor dem Fenster ihres Abteils lag ein kleiner, vernachlässigter Bahnhof. Das milde Licht der Dämmerung ließ die Umrisse der Gebäude im nahegelegenen Städtchen hervortreten. Über den Dächern der niedrigen Häuser kreisten die Vögel. Außer dem Zischen der Lokomotive und den Stimmen der wenigen Reisenden, die eben angelangt waren, war nichts zu hören.

Als sie aus dem Zug gestiegen waren, erblickten sie im Osten am Horizont, weit hinter der Stadt, einen dunklen Streifen – es waren Wälder. Dort wurde es langsam Nacht.

Die Gesellschaft hatte fast eine Tagesreise in einem heißen, schwülen Waggon hinter sich. Alle waren müde und nicht gerade wohlgelaunt. Erstarrung, die warme Luft und der Mangel an Bewegung hatten eine seltsame Spannung hervorgebracht, die nun in ihren Gedanken und Gefühlen angestaut war.

Die Mutter klapperte mit ihren dünnen Absätzen auf dem löchrigen Beton des Bahnsteiges, der plötzlich in einen ausgetrockneten, rissigen Feldweg überging. Vater schob seinen Strohhut in den Nacken. Er ging etwas schwerfällig, groß und stark, eine Reisedecke über die Schulter geworfen, in der Hand einen Koffer, den er dem Zimmermädchen abgenommen hatte, das ohnehin schwer schleppen mußte.

Auf diesem kleinen Bahnhof gab es keine Gepäckträger, sehr bald erschienen aber zwei schmutzige Burschen aus dem Städtchen, bereit, den Herrschaften aus der Hauptstadt für ein paar Groschen behilflich zu sein. Aber die Kutsche, die man vom Gut in Nałęcz geschickt hatte, war ihnen zuvorgekommen. Nałęcz – das war ihr Reiseziel, ein breites Dorf an einem See oder besser zwischen zwei riesigen Seen, mitten in undurchdringlichen Wäldern, die die Zivilisation noch nicht entdeckt hatte. In Nałęcz war ein Gut, etwas heruntergekommen, der Überrest eines früher wohlhabenden und blühenden Adelssitzes. Das Gut gehörte einem Freund seiner Eltern, dort sollten sie die Ferien verbringen.

Am Bahnhofsgebäude warteten also drei Kutschen, vor die große, gut genährte Pferde gespannt waren. Die Knechte hatten sich beeilt, das Gepäck wurde in die letzte Kutsche verladen, und die Gesellschaft setzte die Reise fort. Lange Schatten der Bäume legten sich über den Weg, in den die Räder der Pferdewagen tiefe Rillen geschnitten hatten. Ein leichter, kühler Wind wehte über die Felder, man konnte endlich wieder frei atmen.

Beim Besteigen der Kutschen ergab sich ein kleiner Zwischenfall. Mutter fühlte sich erschöpft und sehnte sich nach einem erholsamen Schläfchen beim gleichmäßigen Klappern der Pferdehufe und dem einschläfernden Geräusch der Räder, so stieg der Junge schließlich in die zweite Kutsche, zusammen mit dem Dienstmädchen und der Ordonnanz. Er saß neben dem Mädchen, der Soldat, ein kleiner, resoluter Bursche mit roten Wangen in seiner knappen Tuchuniform setzte sich auf die Klappbank. Er schien sich über den Zufall zu freuen.

Sie fuhren schweigend. Der Kutscher trieb die Pferde an, indem er ein langes, feuchtes Schnalzen hören ließ, bei diesem Geräusch spitzten die Tiere die Ohren und fielen in einen sanften Galopp. Doch bald ging es wieder im Schritt, den Kopf gesenkt, als würden sie nach vertrauten Spuren suchen – dann wieder, vom Schnalzen des Kutschers angetrieben, liefen sie schneller.

Es wurde Nacht. Die Luft blieb warm und schwül, auf die Wiesen legte sich Nebel, so zart wie geschlagene Sahne, die Vögel waren still geworden, an der dunklen Decke des Himmels gingen die ersten Sterne auf. Der Weg kletterte jetzt bergauf, die Pferde gingen langsam, ihre Geschirr spannte sich, die Räder der Kutschen knarrten eintönig.

Der Knabe hörte die Stimmen seines Vaters und des Offiziers, sie unterhielten sich leise in der ersten Kutsche. Die einzelnen Worte konnte er nicht verstehen, da schien ihm, als wäre ringsherum alles unwirklich. Der Schatten des Kutschers auf dem Bock bewegte sich gleichmäßig im Takt über den Hinterteilen der Pferde, in der Ferne ertönte plötzlich und verstummte die unbekannte Stimme eines Tieres, stöhnend, traurig, durchdringend. Da kam ihm der Gedanke, daß er schon bald sterben müsse, darüber war er erstaunt.

Wenn ich gestorben bin, dachte er, werde ich das alles

erst wirklich sehen im hellen Licht, ich selbst werde unsichtbar bleiben. Ich werde alles sehen, auch die feinsten Einzelheiten, jedes Eckchen, jeden Halm und jeden Tropfen. Über die Erde werde ich schweben wie ein Vogel, und nirgends wird es Schatten geben. Alles ist dann ganz klar, voll und saftig, alles verständlich und einfach.

Noch einmal hörte er die seltsame Stimme dieses Tieres, ein Schauer des Mitleids drang durch sein Herz.

»Was ist das?« fragte er leise.

»Ein Hirs«, antwortete der Soldat.

»Hirsch, nicht Hirs«, sagte das Mädchen und kicherte.

»Is recht«, sagte der Soldat und räusperte sich ein wenig verlegen.

Dem Knaben fiel ein, daß er die Welt gar nicht kannte. Zum ersten Mal hatte er die Stimme eines Hirsches gehört, sie hatte ihn überrascht, denn er glaubte, die Stimme dieses Tieres müsse sanfter, weicher, melodischer sein.

Die Kutsche fuhr in den Wald. Hier war es noch schwüler, unbeweglich stand die Glut des Tages zwischen den Bäumen, nur hoch oben in den dichten Blättern rauschte leise der Wind. Dunkelheit umfing sie, auch der Schatten des Kutschers hatte sich in der Nacht aufgelöst. Der Soldat räusperte sich noch einmal, das Dienstmädchen kicherte leise.

»Bald sind wir da«, sagte der Kutscher, als sie aus dem Wald wieder herauskamen. Es war heller geworden, denn der Mond glitt über den Himmel, die Sterne leuchteten. Der Knabe beugte sich über den Rand der Kutsche. Irgendwo, noch ziemlich entfernt, blinzelte ein Licht. Die Pferde wieherten plötzlich, gingen in Galopp über, ohne daß sie der Kutscher angetrieben hätte. Die Wagen schaukelten über den holprigen Weg.

Endlich erblickten sie Nałęcz. Hundegebell kam ihnen entgegen, dann hörten sie Stimmen.

Das Dorf hatte sich im Halbkreis um das Seeufer ausgebreitet. Im Mondlicht glitzerte silbrig das Wasser. Etwas weiter sah man Schilf, Wiesen, einen Hain, der nicht sehr dicht war, und dann in der Dunkelheit die Ufer des zweiten Sees. Am Rande des Dorfes begann ein alter Park, feucht und dunkel. In der Mitte ragte das Schloß von Nałęcz auf, früher einmal mächtig und hochherrschaftlich, heute verfallen. Dort fuhren sie vor, nachdem sie in einem Bogen die Überreste einer Mauer umfahren hatten, auf der üppiges Unkraut wucherte. Am Eingang stand ein großer, grauhaariger, leicht gebeugter Herr in Reithose, Stiefeln und einer Tuchjacke, auf der die Spuren abgetrennter Rangabzeichen noch deutlich zu sehen waren. Über dem Kopf hielt er eine Petroleumlampe, deren undeutlicher, schwacher Schein die schattigen Risse des verfallenen Aufganges beleuchtete.

Eine halbe Stunde später. Das herzliche Begrüßungszeremoniell war vorbei. Die Gäste hatten sich in ihren Zimmern erfrischt und versammelten sich zum Abendessen im Speiseraum des Hausherrn.

Der Knabe war wie betäubt, um ihn herum schien alles in undurchdringlichen Nebel getaucht, es war ihm, als schaue er durch eine dicke Scheibe in ein Aquarium.

Das Eßzimmer war groß, seine Einrichtung bestand aus einem riesigen viereckigen Tisch, Stühlen mit hohen Lehnen und der Kredenz, die an einer Wand lehnte. Zwei Petroleumlampen erhellten den Raum. Über der Tür, die in den Salon führte, hing ein Hirschgeweih, daneben ein Bild mit den drei Kreuzen auf Golgatha. Das war die ganze Ausstattung.

Sie saßen an dem großen Tisch im schwachen Schein der

altmodischen Lampen, aus denen ein feiner Rauchfaden aufstieg. Zum Essen hatten sich mehrere Personen eingefunden, seltsam und unbekannt, deren Gesichter der Knabe zum ersten Mal sah. Außer seinem Vater, der Mutter, dem Offizier, der sie auf der Reise begleitet hatte, kamen zum Abendessen der Besitzer des Hauses, Herr Pilecki, seine beiden alten Tanten in langen schwarzen Kleidern und feinen Umhängen, ein bleiches, zartgliedriges Mädchen mit schüchternem Gesicht und schließlich ein etwa vierzigjähriger Mann, der Verwalter, rundlich, mit geröteten Wangen. Die Gesellschaft brachte ihn in merkwürdige Verlegenheit.

Zunächst wurde Obstkaltschale in einer großen, weißen Terrine gereicht, danach Kalbfleisch mit Kartoffeln und Erbsen. Die Herren tranken einen hausgemachten Likör nach alten Rezepten, den der Hausherr andächtig in die Gläschen füllte. Der Verwalter nippte genießerisch an seinem Glas, schloß dabei stets die Augen und wiederholte leise mit unbeschreiblicher Wonne: »Vorzüglich! Wirklich, ganz vorzüglich...«

Eine der alten Damen, ziemlich rundlich, mit freundlichem Gesicht und aufmerksamen Augen, erinnerte den Knaben an seine Großmutter. Er betrachtete sie mit Freude. Sie war appetitlich und angenehm anzusehen, ihr Haar sorgfältig nach oben frisiert und in der Mitte ihres kleinen Kopfes zusammengesteckt, ein Netz winziger Fältchen unter den Augen. Ihre Hände schienen fast durchsichtig zu sein, man sah darauf blaue Äderchen, wie zarte Risse auf einer alten Statue. Auf einmal sagte die alte Dame zu dem Knaben: »Ich bin davon überzeugt, Krzyś, daß du dich an mich nicht mehr erinnern kannst...«

»Nein, das kann ich nicht«, antwortete er und lächelte

etwas beschämt, daß er ihr eine Unannehmlichkeit bereiten mußte.

»Als ich dich das letzte Mal gesehen habe, warst du vielleicht fünf Jahre alt«, sagte die alte Dame. »Damals warst du ein richtiges Pummelchen ...«

»Oh, er war damals erst vier Jahre alt«, unterbrach Mutter, die das Gespräch mitgehört hatte, »und er war wirklich ein schreckliches Pummelchen ...«

»Daran kann ich mich noch erinnern«, sagte der Knabe.

Eine Photographie fiel ihm ein, die er erst kürzlich entdeckt hatte. Darauf war ein dickes Kind zu sehen in einem warmen Wintermantel und mit einem Pelzmützchen auf dem Kopf, im Hintergrund der Gartenzaun. Das war er selbst gewesen, vor Jahren ...

Immer wenn er auf das Bild sah, war er sich selbst unendlich fremd. Er mochte das Kind nicht, das so ungeschickt dastand, warm angezogen, mit leerem, erstarrtem, ängstlichem Blick.

›Natürlich war ich das‹, dachte er, ›aber doch nicht ganz. Sicher bin ich damals gerne so herumgelaufen, aber wie kann man überhaupt laufen, wenn man aussieht wie ein Klotz oder ein voller Sack ... Ich kann mich an nichts mehr erinnern aus dieser Zeit, ganz so, als wäre ich zum zweiten Mal zur Welt gekommen als kräftiger, großer, schlanker und selbständiger Junge.‹

Manchmal betrachtete er die Hände des Kindes auf der Photographie. Nur eine Hand steckte in einem warmen Handschuh, die andere sah aus wie ein formloser Kloß oder ein nicht ausgebackenes Brötchen, ohne Finger, weiß und kraftlos. Dann schaute er auf seine Hände und empfand Genugtuung. Sie waren braun, kräftig, mit langen schlanken

Fingern und wohlgeformten Nägeln. Wenn sich die Hand zu einer Faust ballte, spürte er seine eigene Stärke.

Das Abendessen zog sich in die Länge. Die leeren Fleischplatten verschwanden, Himbeeren und Schlagsahne erschienen auf dem Tisch. Die alten Damen in ihren Überwürfen schwiegen und pickten mit den kleinen Löffeln in ihren Schälchen. Sie erschienen ihm jetzt wie traurige Krähen. Das blasse Mädchen am Tischende fuhr mit der Zunge über die Lippen, ein kleiner Sahnestreifen blieb unter ihrer Nase, ohne daß sie es bemerkt hätte. Sie saß starr über ihrem Teller, die Ellenbogen an den Körper gepreßt, gerade und immer noch schweigsam. Als kenne sie die Sprache der Menschen nicht, sah sie vor sich hin, ein bißchen gedankenlos, aber auch betrübt.

Der Junge schaute auf seine Mutter und dachte, daß sie schön sei. Was macht es schon, daß sie schön ist, wenn sie mich nicht liebt. Nein, das ist nicht wahr! Natürlich liebt sie mich, sehr sogar, aber sie ist mit tausend anderen Dingen neben dieser Liebe beschäftigt. Niemals, so lange ich zurückdenken kann, hatte sie eine volle Stunde Zeit für mich. Immer wenn ich sie brauchte, empfing sie mich zwar herzlich, aber mit einer gewissen Unruhe, etwas ängstlich, daß ich ihr die kostbaren Augenblicke ihres eigenen Lebens rauben würde. Von Sonnenaufgang bis spät in die Nacht hinein mußte meine Mutter stets etwas Neues erleben, etwas Interessantes, Aufregendes. Sie hat wohl keinen Augenblick Zeit, um sich zu besinnen. In ihr steckt etwas, was sie keinen Augenblick ruhen läßt, um in sich hineinzusehen und nachzudenken.

Natürlich liebt sie mich. Niemand liebt mich so sehr! Aber das ist ihre Liebe, nicht meine. Sie hat diese Liebe, nicht ich. Sie freut sich daran, ich aber kann höchstens annehmen, hoffen, daß ich geliebt werde. Er sah in ihr Gesicht, und Bitterkeit erfüllte sein Herz. Sie war ihm niemals entgegengekommen. Sein Leiden, seine Ängste und Zweifel konnten die bewegliche, dichte Hülle der Lebenslust und der fortwährenden Bewegung nicht durchstoßen, die das Leben dieser Frau umgab. Immer wenn ihre Gespräche länger als eine Viertelstunde dauerten, sagte seine Mutter mit müder Stimme: »Quäl mich nicht, Schätzchen . . .« Und schon war sie verschwunden.

Der Knabe dachte mit Bedauern und etwas Mitleid, daß sie vor seinem Kummer floh, nicht, weil sie genügend eigenen hatte, sondern ganz einfach deshalb, weil ihr jede Belastung unangenehm war. Wenn er sich einsam fühlte oder ihn Unsicherheit überkam, lief sie unweigerlich zu ihrer Kommode im Schlafzimmer, wo unter der duftenden Wäsche, zart wie ein Schleier, die Geldkassette stand. Oft dachte er, daß sie hilflos sei und sich der trügerischen Hoffnung hingäbe, man könne Sicherheit mit immer höheren Ausgaben erkaufen. Nicht nur seine Sorgen versuchte sie mit Geld zu verdrängen, das sie ihm hastig für eine Kinokarte, Süßigkeiten oder einen Ausflug zusteckte. Er hatte den Eindruck, daß seine Mutter mit dem Geld überhaupt hastig und etwas gedankenlos umging, als wollte sie sich von ständiger Bedrohung befreien. Nachdem er sie längere Zeit beobachtet hatte, kam er zu dem Schluß, daß diese Frau immer in Angst lebte. Eines Tages hatte er es ihr gesagt.

Es war gegen Abend im zeitigen Frühling. Sie war gerade im Begriff, in die Stadt zu gehen, in einem ihrer schönen, teuren Kleider, die märchenhaft farbig waren und ihre mädchenhafte Figur unterstrichen, in Hut mit breiter Krempe und langen, cremefarbenen Handschuhen, die bis zu den Ellenbogen reichten.

Er hatte sie im Flur getroffen, in den die angelehnten Türen ein wenig Licht ließen. Er bat sie um ein Gespräch, denn er brauchte die Mutter in seiner Nähe, obwohl er eigentlich dafür keinen Grund hatte. Seine Mutter schien wie immer verlegen und erschrocken über diese Bitte.

»Worüber möchtest du mit mir sprechen, Schätzchen?«

»Ach, Mama«, brummte er.

»Ich gehe doch aus. Bin sowieso schon verspätet.«

»Geh nicht«, sagte er. »Bleib bei mir.«

Sie setzte sich plötzlich auf den Korbsessel, suchte in ihrer Tasche nach Zigaretten. »Was ist passiert?« fragte sie und sah ihm aufmerksam in die Augen. Sie schaute immer so, wenn sie ihr Interesse für ihn zeigen wollte. In ihren Augen spiegelte sich dann immer Angst und Entschlossenheit, Machtbewußtsein und Verlegenheit.

»Nichts ist passiert«, antwortete er. »Ach, Mama, du könntest wenigstens einmal mit mir plaudern . . .«

»Aber natürlich, Schätzchen. Es ist etwas in der Schule vorgefallen, nicht wahr?«

Sie war davon überzeugt, da die Schule seine ganze Welt ausmachte. Außerhalb der Schule lebte er gar nicht. Sie konnte wohl nicht begreifen, daß er auch unabhängig von Trigonometrie, Biologie oder Latein dachte, Empfindungen hatte und mit sich selbst und der Welt beschäftigt war.

»In der Schule ist alles in Ordnung«, antwortete er und spürte, wie ihn kühle Gleichgültigkeit befiel. Auf diesem Korbstuhl, mit der Zigarette zwischen den vollen, roten Lippen, in dem enganliegenden Kleid schien sie ihm weniger schön als sonst.

Sie stand plötzlich auf, drückte die kaum angezündete Zigarette in dem Metallaschenbecher aus.

»Worum geht es also, Schätzchen?«

»Mama«, sagte er, »ich bin allein.«

»Allein?« wiederholte sie mit unbeschreiblichem Erstaunen. »Wieso denn allein? Du hast doch Papa, mich, ein Haus, Kameraden! Du hast alles, Schätzchen...«

»Ich bin allein«, sagte er und fühlte, wie ihm etwas den Hals zuschnürte.

Sie schwieg einen Augenblick, biß sich auf die Lippen, dann zog sie langsam den Handschuh von der linken Hand. Sie faßte das Leder am Fingerende und zog es ab, ihr schlankes, schönes Handgelenk kam zum Vorschein.

»Allein«, wiederholte sie leise, als hätte sie diese Eröffnung aller Kräfte beraubt. Mit der Hand strich sie dem Knaben über das Haar, Stirn und Wangen.

»Bald bist du erwachsen«, sagte sie. »Mein Gott! Eben erst habe ich dich zur Welt gebracht, und schon wirst du erwachsen...«

Sie sagte das so, als habe sie einen schweren Verlust erlitten, und sah dem Knaben in die Augen.

»Wie hübsch du bist, Schätzchen. Du bist Papi sehr ähnlich...«

»Sag nicht Papi«, gab er Junge zurück. »Das kann ich nicht ausstehen.«

»Warum?«

»Ich weiß es nicht. Aber ich mag es nicht. Sag ›Vater‹.«

Sie zuckte die Schultern, lächelte aber gleich wieder versöhnlich.

»Du bist Vater sehr ähnlich. Er war nicht viel älter als du, als ich ihn kennengelernt habe.«

»Ich weiß«, sagte der Junge. »Vater hat dich unterrichtet. Du warst in Mathematik sehr schwach.«

Sie lachte fröhlich. In der Dunkelheit erblickte er ihre weißen, kräftigen Zähne.

»Dafür war Vater in allem sehr gut«, sagte sie.

In diesem Augenblick schlug die Uhr in der Wohnung. Mutter warf einen erschrockenen Blick auf das linke Handgelenk und begann rasch, den Handschuh anzuziehen.

»Mein Gott, ich bin schrecklich verspätet!« rief sie.

»Mußt du weggehen?« fragte er leise, fast demütig.

»Aber Schätzchen, mach doch keine Komödie...«

Sie ging zur Tür. Da trat er ihr in den Weg. Sie sah ihn mit grenzenlosem Erstaunen an.

»Krzyś, was ist los?« fragte sie.

Sie muß sehr erregt gewesen sein, denn sie hatte ihn beim Namen genannt.

»Immer bist du in Eile«, sagte der Junge, und seine Stimme zitterte. »Niemals, aber auch wirklich niemals, hast du Zeit für mich. Ich kann nie mit dir sprechen. Du kannst nur fragen, ob in der Schule alles in Ordnung sei. In der Schule ja, aber was heißt das schon, Mama?«

»Das ist ja sehr schön«, unterbrach sie ihn, »was heißt das schon? – Die Schule ist das Wichtigste, du weißt nicht einmal, wie stolz Papa und ich auf jeden deiner Erfolge sind.«

»Ach, sprich nicht so viel, Mama!« rief er.

»Du bist wohl verrückt geworden, Schätzchen! Erst willst du mit mir sprechen, dann wieder nicht! Worum geht es dir also?«

Er schwieg einen Augenblick, dann sagte er nachdenklich: »Ich weiß es nicht, ich kann es dir nicht sagen.«

»Na, bitte. Du siehst doch selber, Schätzchen.«

Sie ärgerte ihn unglaublich in diesem Augenblick. Jedes ihrer Worte, jede Bewegung und jeder Blick schmerzten und reizten ihn. Er litt und empfand dabei Zorn. Ganz plötzlich, als er sich nicht länger beherrschen konnte, griff er die Mutter am Arm und sagte scharf: »Wovor fürchtest du dich so sehr, Mama?«

Zunächst versuchte sie, ihren Arm zu befreien, doch als sie den Sinn seiner Worte verstanden hatte, erstarrte sie. Einen Augenblick lang sah er in ihren Augen Anspannung und Überraschung, als hätte er etwas entdeckt, was ihr streng gehütetes Geheimnis war. Aber einen Moment später sagte sie unbekümmert: »Unsinn! Vor gar nichts habe ich Angst... Was ist eigentlich mit dir los? Laß meinen Arm. Du bist ganz einfach schlecht erzogen.«

Er gab ihren Arm frei, trat einen halben Schritt zurück. Sie betrachtete ihn gespannt, als sähe sie in ihm einen fremden Menschen. »So etwas«, sagte sie, »na weißt du, Schätzchen, ich bin überrascht!«

Sie ging eilig hinaus, ohne die Tür zum Treppenhaus zu schließen. Er machte sie leise zu und kehrte dann in sein Zimmer zurück. Dort legte er sich auf die Couch und starrte zur Decke. Er sagte sich, daß er sie nicht mehr liebe. Wußte aber, daß er sie liebte. Unbeschreibliche Trauer und Enttäuschung überkam ihn. Immer wenn er seit diesem Tage an sie dachte, dachte er: ›Meine arme Mama!‹

Sie versuchte ein paar Tage lang, seinen Blicken auszuweichen.

Hier in diesem Speiseraum, im Gespräch mit Pilecki, lebhaft und lächelnd, obwohl kleine, müde Schatten ihre Augen umgaben, sah sie bezaubernd aus. Im schwachen Schein der Petroleumlampen, hinter ihr die Dunkelheit, die immer dichter wurde vor den Wänden des Raumes, schien sie ihm die schönste Frau der Welt zu sein. Er dachte, daß sie egoistisch, leichtsinnig, schön und lieb sei. Und lächelte ihr zu. Sie hatte seinen Blick über dem Tisch bemerkt, sandte ihm ein Küßchen und kehrte sofort zu ihrer ausgelassenen Plauderei mit Pilecki zurück.

Das Abendessen zog sich unendlich dahin. Die beiden Tantchen begannen leise miteinander mit heiseren Stimmchen zu schwatzen. Sie unterhielten sich wohl über lustige Dinge, denn plötzlich sah der Knabe, wie eine von ihnen lachte. Sie öffnete ihre alten Lippen und sah nun einem toten Karpfen ähnlich. Da sie keine Zähne hatte, erblickte er eine seltsam gebogene, dunkle Mundhöhle und darum ein Netz von Fältchen, die plötzlich zum Leben erwacht waren, sie hüpften über die Haut, das ganze Gesicht spannte sich in einer Grimasse, die eher Schmerz als Freude auszudrücken schien. Aus dem Hals der alten Dame kam ein furchtbares Glucksen – das war ihr Lachen.

Der Knabe wandte sich ab. Dabei traf er den Blick des blassen Mädchens am Ende des Tisches. Er wies mit den Augen auf die beiden fröhlichen Alten. Die Augen des Mädchens bewegten sich langsam, ein Lichtstrahl spiegelte sich in ihren weit geöffneten Pupillen, die an die Augen einer Katze in der Dunkelheit erinnerten. Das Mädchen betrachtete einen Augenblick die alten Damen, dann drehte es den Kopf um und sah den Jungen an. Über dem weißen, zerknitterten Tischtuch trafen sich zwei lustige Augenpaare. Der Knabe stand plötzlich auf, hob seinen Stuhl, machte ein paar Schritte am Tisch entlang, um sich näher zu dem Mädchen zu setzen. Den strafenden Blick seiner Mutter, die immer neugierig aufblickte, wenn sie um sich herum eine Bewegung vernahm, beachtete er nicht. Das Mädchen schien verwirrt, wurde wieder ernst, saß mit angezogenen Ellenbogen, gerade und abwesend.

»Guten Abend«, sagte er, »wir kennen uns noch nicht...«

»Eben«, gab sie zurück und schaute immer noch vor sich hin.

»Ich heiße Krzyś. Und du?«

»Monika«, antwortete sie.

»Wohnst du hier?«

Sie nickte.

»Immer hier?«

Wieder nickte sie. Er sah sie von der Seite an, verwundert, daß man ständig in dieser abgelegenen Ecke der Welt leben konnte.

»Hier auf dem Gut?«

»Ja, bei Onkel Pilecki.«

Jetzt erinnerte er sich an die Bruchstücke eines Gesprächs, das vor einem Monat zu Hause stattgefunden hatte, als sie sich über die kommenden Ferien unterhielten. Herr Pilecki war ein alter Bekannter seines Vaters noch aus der Kriegszeit, sie hatten viele gemeinsame Fronterlebnisse, an die sein Vater ungern dachte. Es ärgerte ihn sogar immer etwas, wenn die Umstände ihn zu solchen Erinnerungen zwangen. Das war auch der Grund, weshalb sich das Verhältnis zwischen den beiden Kameraden etwas abgekühlt hatte. Pilecki lebte nämlich fast ausschließlich in der Erinnerung an den Krieg und nutzte jede Gelegenheit, um zu den Geschichten aus der Zeit vor zwanzig Jahren zurückzukehren, was seinen Vater mehr ärgerte, als man eigentlich erwarten und verstehen konnte. Aber er empfand viel Sympathie für Pilecki, die vielleicht ein bißchen falsch war, deren Ursprung Stolz und etwas Hochmut waren, denn immerhin hatte sein Vater die vielen Jahre, die sie nun von den Schützengräben, den Märschen und Angriffen und den stinkenden Wunden trennten, dazu benutzt, mühselig den Weg nach oben zu gehen. Das hatte ihm schließlich eine gesellschaftliche Stellung eingebracht, ziemlich viel Geld, eine schöne Frau, eine komfortable Wohnung in der Hauptstadt, kostbare Möbel, Auslandsreisen, Anzüge aus englischem Tuch und Krawatten aus französischer Seide. Pilecki dagegen verkümmerte irgendwo am Ende Polens, wo sich die Füchse Gute Nacht sagten, trieb sich mit der Flinte in morastigen Hainen herum, schnitzte aus Langeweile Eichenstöcke, die er mit Beschlägen verzierte, und rostete langsam, genau so wie diese Beschläge. So enthielt also die Sympathie seines Vaters für den ehemaligen Kameraden aus dem Schützengraben ein wenig Herablassung. In Pileckis Gegenwart konnte sich sicher sein Vater besonders an seinen unbestreitbaren Erfolgen freuen, denn sie waren beide ausgezogen in die Welt der Nachkriegszeit in den gleichen durchgeschwitzten Uniformen, mit einem Brotbeutel um die Schulter und Hoffnung im Herzen. Und während der eine sehr weit gekommen war, blieb der andere zurück wie ein müder Marodeur. Wer weiß, ob während des Krieges nicht Pilecki der Bessere gewesen war, was erst recht ihr gegenwärtiges Verhältnis beeinflussen mußte, das zwar freundschaftlich war, aber auch geprägt von seltsamen Blicken, Gesten und unausgesprochenen Worten.

Als sie noch vor einem Monat in Warschau über die Ferien auf Pileckis Gut oder dem, was davon übriggeblieben war, sprachen, hatte der Vater eine Nichte des Hausherrn erwähnt, die in Nałęcz lebte. Pileckis Schwester war vor Jahren verstorben, er selbst hatte niemals geheiratet, so nahm er das Mädchen zu sich, dessen Vater irgendwo im Westen des Landes lebte und keine Lust hatte, sich mit dem Kind zu belasten.

Das ist also jenes Mädchen, dachte der Knabe und sah seine Nachbarin nun etwas anders. Sie schien ihm nicht sehr hübsch und anziehend. Sie wirkte eher ein wenig vernachlässigt, obwohl ihr Haar sorgfältig gekämmt war, ihr Kleid ordentlich und die Hände gepflegt. ›Ich nehme an, sie ist sehr unglücklich‹, sagte er zu sich selbst, ›weil ihr Mutter und Vater fehlen . . . Was für ein Unsinn! Ich habe eine Mutter und einen Vater und fühle mich doch deshalb nicht etwa glücklich. Sie scheint mir etwas vernachlässigt, weil man mir beigebracht hat, daß Waisen etwas vernachlässigt sein müssen, sonst sind sie gar keine richtigen Waisen. Dabei sieht sie besser aus als viele Mädchen, die mir bisher begegnet sind. Sie ist zwar mager, das ist richtig, sie hat schmale, abstehende Schultern, ist ein wenig gebeugt. Vielleicht sehen alle Mädchen auf dem Lande so aus? Ob sie in die Schule geht? Wird sie Hausfrau? Wird man sie verheiraten?‹

»Gehst du zur Schule?« fragte er.

»Ja. Nächstes Jahr bekomme ich die mittlere Reife.«

»Wie alt bist du?«

»Ich bin fünfzehn geworden.«

»Ich auch.«

»Du bist noch eine Rotznase«, sagte sie.

»Rede keinen Unsinn, meine Liebe«, gab er zurück.

Er hatte diese Anrede gewählt, weil sie ihm am passendsten schien. ›Meine Liebe‹, das klang etwas herablassend, verächtlich, aber auch liebevoll. So pflegte manchmal sein Vater die Mutter anzureden. Das ärgerte sie außerordentlich.

Das Mädchen sah ihn an, lächelte und sagte: »Du bist lustig. Vielleicht werde ich dich gerne haben.«

Sie hatte hoch gespielt. Er wurde verlegen, seine gute Ausgangsposition war verloren.

»Du hältst mich für einen kleinen Jungen«, sagte er und stellte ihr eine Falle.

»Mhm!«

»Und du bist angeblich erwachsen?«

»Mhm!«

»In diesem Nest? Was ist das für ein Leben in Nałęcz?«

»Genauso eines wie überall«, sagte sie.

»Ich lebe in Warschau.«

»Das weiß ich, und?«

»Ganz einfach eine große Stadt. Die Hauptstadt...«

»Und das hier ist ein Dorf«, sagte sie. »Ich fühle mich wohl.«

Diesen Stich konnte er nicht für sich gewinnen, und wieder hatte er eine Chance verloren. Die Karten waren ihm durcheinander geraten. Er schwieg einen Augenblick.

»Mach dir nichts daraus«, sagte Monika, »ich habe dich schon gern.«

Er zuckte die Schultern. Sie ärgerte ihn. Plötzlich, zum ersten Mal in seinem Leben, nahm er den ihm aufgezwungenen Stil an. ›Ich kann doch nicht auf meine Art leben‹, dachte er. ›Aber was geht mich das an, daß ich für sie ein kleiner Junge bin? In Wirklichkeit bin ich es nicht. Manchmal möchte ich es sogar, aber ich kann es nicht. Sie ist einfach dumm. Eine dumme Ziege aus einem gottverlassenen Nest!‹

»Ich hab doch gesagt, daß ich dich gerne habe«, wiederholte sie.

»Na und?«

»Nichts. Das hat nichts zu sagen.«

»Eben«, sagte er ungezogen.

»Ich freue mich, daß du hierher gekommen bist. Du wirst mich zum Lachen bringen.«

»Ich kann niemanden zum Lachen bringen.«

»Doch. Du tust es ja gerade.«

›Ich werde sie nicht besiegen‹, dachte er, ›zumindest nicht jetzt. Vielleicht sogar niemals. Was ist daran so schlimm? Muß ich immer gewinnen? Habe ich denn je gewonnen? Ich kann mich nicht daran erinnern, daß ich schon einmal gewonnen hätte. Es liegt mir auch nichts daran. Sie ist so, wie sie ist. Also sollte ich mich ebenso geben, wie ich bin.‹

»Ich werde mich bemühen, dich gut zu unterhalten«, sagte er.

Jetzt wurde sie verlegen. Er war ihr entglitten. Sie sagte kühl: »Du bist nicht so klein, wie ich gedacht habe.«

»Doch, bin ich, Ehrenwort!«

In dem Augenblick erhoben sich die beiden alten Damen vom Tisch. Eine von ihnen krähte, sie sei müde, es sei kurz vor Mitternacht und nun müsse sie zu Bett gehen. Das war das Zeichen, das Abendessen zu beenden. Seine Mutter und die Herren erhoben sich ebenfalls. Alle rückten ihre Stühle zurecht und wünschten sich gegenseitig eine gute Nacht. Ein alter Mann in Stiefeln kam herein, hinter ihm ein barfüßiger Bauernjunge. Sie trugen Lampen und stellten sie auf die Kredenz. Pilecki zündete sie nacheinander an. An der Decke tänzelten gelbe Kreise. Es roch jetzt nach Petroleum.

Der Hausherr reichte den Gästen die Lampen, damit jeder den Weg in sein Zimmer finden konnte. Die beiden Alten in ihren Umhängen bewegten sich zur Tür, ihre Köpfchen wackelten unentwegt. Die Schatten auf der gegenüberliegenden Wand reichten bis an die Decke.

»Gute Nacht«, sagte der Junge zu Monika. »Morgen reden wir weiter.«

»Gute Nacht«, antwortete sie und lächelte.

»Gute Nacht, Schätzchen«, sagte seine Mutter.

»Gute Nacht, Krzyś«, sagte der Vater.

Alle sprachen die gleichen Worte und nickten. Alle verließen den Raum. Dann stiegen sie die Stufen hinauf zum Obergeschoß, wo ihre Zimmer lagen. Die Treppe knarrte. Mutter sagte ganz leise etwas zu Vater. Er lachte und legte seinen Arm um ihre Schulter. Sie gingen die Treppe hinauf wie zwei gute Geister, eng umschlungen. Über ihnen bewegte sich an der Wand der Schein ihrer Lampe.

»Gute Nacht, mein Freund«, sagte Pilecki zu dem Jungen, als sie im ersten Stock angelangt waren, und ging mit schwerem Schritt noch eine Treppe höher.

Irgendwo am Ende des Flures sah man den hellen Schein einer Lampe, dann erlosch er hinter einer Tür. Eine der alten Damen war in ihrem Zimmer verschwunden.

Als er die Lampe gelöscht hatte, schien ihm, daß er erblindet sei. Angst überfiel ihn. Er lag im Bett, spürte das steif gestärkte Bettuch unter sich, unsagbar kühl und fremd. Es roch nach Stroh, Seewasser, nach frischem Gras, Brennnesseln und den Holzscheiten, die im Kamin brannten. Wenn er sich bewegte, versank er in dem weichen Rascheln des Strohsackes, der sich unter seiner Last bog. Er berührte die rauhe Wand, dann fuhr er mit den Fingerspitzen über die kühlen Metallstäbe seines Bettes. Am Kopfende ertastete er eine Kugel, dann eine zweite und eine dritte. Er dachte sich, daß es Verzierungen waren. Undurchdringliche Dunkelheit umgab ihn von allen Seiten. Er drückte die Lider zu, öffnete nach einer Weile die Augen ganz weit – sah aber noch immer nichts. Etwas unsicher stand er auf, tastete mit den nackten Füßen nach dem Fußboden, streckte die Arme aus und ging zwei Schritte in die Richtung, wo er das Fenster vermutete. Noch immer konnte er nichts erkennen. Seine Angst steigerte sich. Der Gedanke, daß er sein Augenlicht verloren haben könnte, versetzte ihn in Panik. Da war das Fensterbrett, darüber die glatte, kühle Scheibe. Er suchte den Riegel, schob ihn hoch, stieß das Fenster auf. Es öffnete sich leise. Ein feuchter Hauch strich über sein Gesicht. Hoch oben in den Baumkronen spielte der Wind. Endlich konnte er wieder etwas sehen. Dunklere Flächen, das waren Baumstämme und Äste. Am Himmel stand ein einsamer Stern. Ganz langsam verschwand die Dunkelheit. Schon konnte er die Umrisse der Bäume im Park erkennen und sogar die Steine, die den Rasen umgaben, von üppigem Unkraut überwuchert. Dahinter, wo eine unendliche schwarze Fläche lag, bemerkte er einen zitternden Schein. Das war das Wasser im See. Wieder drückte er die Lider zu, dann öffnete er die Augen ganz weit, sie tränten vor Anstrengung. Er sah jetzt das Seeufer. Dahinter kräuselte sich die Fläche, er ahnte sie und hörte sie eher, als daß er sie hätte sehen können.

Plötzlich erblickte er alles um sich herum und wunderte sich, daß es gar nicht so dunkel war. Er sah den Park, den Rasen, den See, und auch das Abbild des einzigen Sternes im See zwischen den Bäumen, sogar den Schatten des Bootes am sandigen Ufer. Neben dem Aufgang bemerkte er die zerschmetterte Statue eines Fauns oder einer Göttin auf einem bemoosten Podest. Er konnte ganz deutlich die Umrisse der Wirtschaftsgebäude erkennen, das steile Dach der Scheune, ihr breites Tor und sogar den schief steckenden Bolzen am Verschluß. Den ganzen Platz konnte er erkennen, hier und da hellere Flecken – das war zertretenes Stroh, Rillen, von den Rädern der Kutschen ausgefahren, und Spuren, die die Pferdehufe hinterlassen hatten.

Er dachte daran, daß er zum ersten Mal in seinem Leben die Welt mit einer solchen Spannung entdeckte, forschend und mit einem Gefühl der Sicherheit. Nichts konnte geschehen. Dieser Stern wird immer über dem See stehen zwischen den Bäumen. Und immer wird der Wind die Gräser kämmen, im sanften Reigen ihren bitteren, lauen Duft davontragen. Nichts wird geschehen!

Er kehrte in sein Bett zurück, wieder raschelte der Strohsack unter dem steifen Bettuch. Einen Augenblick lang lag er ganz ruhig, dann berührte er die Wand, die Metallkugeln am Kopfende, das Bettuch. Er fuhr sich mit der Hand über das Gesicht, ganz genau und sehr aufmerksam. Zuerst tastete er mit den Fingerspitzen nach seiner Stirn, den Wangen, der Nase, den Lippen. Dann wanderte seine Hand zu dem Hals, den Schultern, der Brust und kehrte wieder zur Wand zurück. Die Haut war glatt, die Oberfläche der Wand rauh, die Lippen warm, aber die Kugeln am Kopfende kühl. Alles zusammen erschien ihm wie eine Einheit, er war ein Teil dieses Raumes, der dunklen Nacht vor dem angelehnten Fenster. Er war mitten in dieser unendlichen Welt und fühlte sich als wichtiges Teil des Ganzen, und die ganze Welt war in ihm, sie war der Inhalt seines Daseins.

Ich danke dir, o Gott, dafür, daß du alles geschaffen hast, betete er wortlos. Hab Dank dafür, daß du mich erschaffen hast... Noch niemals hatte er sich bisher so eindringlich und greifbar mit dem eigenen Sein befaßt. Er spürte sein Leben, hörte das Herz schlagen, seinen gleichmäßigen Atem, das Pulsieren des Blutes. Er glaubte, alles lebe mit ihm. Oder war er es selbst, der dank des eigenen Übermaßes ein Fünkchen seines Lebens der Umgebung schenkte? Die Wärme seines Körpers wurde zur Wärme seines Bettuches, und wenn er seine Hand lange an die Rundung der Zierkugel hielt, verging langsam ihre Kälte, denn er gab ihr von seiner Wärme und nahm von ihr ein wenig ihrer glatten, metallischen Leblosigkeit.

In der dichten Stille hörte er plötzlich ein Flüstern. Er erstarrte, es drang durch die Wand. Angespannt lauschte er, konnte aber die Worte nicht verstehen. Und doch war ihm bewußt, daß es die Stimme seiner Mutter war. Vielleicht sprach sie auch laut. Sie war nun plötzlich da, nicht draußen, am anderen Ende des Flures, sondern hier neben ihm, in Reichweite seiner Arme. Dann drang das Flüstern seines Vaters zu ihm und das Klirren eines Glases. Da klang das fröhliche Lachen seiner Mutter. Immer wenn er ihr Lachen hörte, schien ihm, daß ein Sonnenstrahl ein Kristallglas berührt habe. Sie waren also auch in dieser Welt, die er jetzt in sich aufnahm, mit seinen Armen umfaßte, um sie als sein Eigentum in Besitz zu nehmen und dabei in sie einzutauchen wie in das düstere, gelbliche Wasser im See. Mit dieser Erkenntnis schwamm er langsam an das sumpfige Ufer des Traumes.

Er wurde wach, als die Sonne in sein Zimmer drang. Er sprang aus dem Bett, öffnete das Fenster ganz weit in den warmen Sommertag. Da waren die Bäume und das Wasser, der See, Wolken am Himmel, die Scheune, die graue Statue des Fauns mit abgebrochener Nase, Brennesseln auf dem Rasen, festgetretenes Stroh und er selbst, schlank, dunkel, ein hübscher Knabe mit langen Beinen, einem kräftigen Nacken, festen muskulösen Armen und zarten Händen.

Aus dem Fenster blickte er auf den weiten Hof, der ein bißchen vernachlässigt und deshalb besonders anziehend war. Er bemerkte einen kleinen Mann mit breiten Schultern, in Reitstiefeln und einer grünen Jacke, eine zu kleine Mütze auf dem Kopf. Der Mann trat aus dem dunklen Flur,

Hühner strichen um seine Beine. Er hob den Kopf, sah auf zum Himmel, zog die Nase kraus. Dann schaute er hinauf zu den Fenstern, bemerkte den Jungen und lächelte zu seiner Begrüßung.

»Gut geschlafen, junger Mann?« rief er.

»Wunderbar«, gab der Junge zur Antwort. »Ich werde wohl etwas schwimmen gehen, zum See...«

»Das Wasser ist kalt«, antwortete der Verwalter. »Ich bade nie...« Er ging zur Scheune.

In diesem Augenblick erschien im Hof ein hochgewachsener, dürrer Mann in Judenrock und Käppchen. Er tauchte aus dem verschlungenen Grün der Akazien auf, ging zielsicher auf den schmalen Weg zu, der zum Aufgang führte. Der Verwalter hatte ihn gesehen, hielt an und kehrte um.

»Was gibt es, Pinkus?« fragte er.

»Nu, was soll es geben? Einen schönen Tag. Genau das richtige für den Herrn Verwalter.«

»Ist das Pferd da?«

»Was heißt das? Wenn es da sein sollte, ist es da«, sagte der Jude.

»Ich will es mir ansehen«, sagte der Verwalter und ging zu den Akazien.

»Ist es denn eine Eichel?« fragte der Jude.

»Warum?«

»Ist es 'ne Eichel? – Soll es sein auf dem Baum?«

»Quasseln Sie mir hier nicht so viel«, sagte der Verwalter. »Wo ist der Wallach?«

»Wo soll er sein, vor dem Tor... Der Herr beliebt noch zu schlafen?«

»Der Herr ist nach Zagaje geritten. Noch vor Sonnenaufgang. Die Wildschweine richten dort Schäden an.«

Der Jude wischte sich mit der Hand über das Gesicht, von

der Stirn bis zum Bart. Dann schüttelte er ein Stäubchen von dem Rockaufschlag, stöhnte und ging zurück zu den Akazien.

»Wohin wollt Ihr, Pinkus?« rief der Verwalter.

»Was heißt wohin? Nach Niemirów. Ich fahre zurück nach Niemirów...«

»Und der Wallach?«

»Wo Pinkus ist, da ist auch sein Pferdchen«, sagte der Jude.

»Und wozu das?« fragte der Verwalter. »Ich kann den Kauf genauso gut erledigen wie Herr Pilecki. Vielleicht sogar besser...«

»Das weiß man im voraus nie«, sagte der Jude. »Liegt denn Niemirów am Ende der Welt? Wenn der Herr zurückkommt, komme ich wieder.«

»Das Pferd läuft sich kreuzlahm. Es wird heiß.«

»So ein Pferd, der Herr scherzt wohl. So ein Pferd wird nie lahm...«

»Kann ich nicht sagen, dann ich habe es nicht gesehen.«

Der Jude drohte ihm verschmitzt, drehte sich so heftig ab, daß der Staub unter seinen Schuhen in Bewegung geriet, und ging den Weg entlang bis zu den Akazien. Der Verwalter folgte ihm.

Der Junge hörte noch ihre langsam verstummenden Stimmen und lachte. Dieser große, magere Jude in seinem dunklen Rock vor dem grünen Park und dem Braun der fernen Felder, die sich an dem Seeufer ausbreiteten, gab dieser ganzen Gegend etwas Vertrautes. Sie lag gar nicht dort, wo die Welt mit Brettern vernagelt ist, und war nicht von allem Übrigen isoliert, wenn den Knaben gleich am Eingang ein Mensch begrüßte, der zu dem unzertrennlichen Hintergrund seines ganzen Lebens gehörte.

Jeden Tag, wenn er in die Schule ging, umgab ihn auf den Straßen die gleiche, temperamentvolle, dunkle Menge, zu der alte, ehrwürdige Juden gehörten und resolute jüdische Jungen, die beim Laufen mit ihren schweren Schuhen auf das Warschauer Pflaster schlugen und die die Rockschöße ihrer Kleider dem Übermut des Warschauer Windes aussetzten. Er beobachtete gerne dieses Treiben, das ihm seltsam und bekannt vorkam, fern und vertraut zugleich. Besonders am Freitagnachmittag zog ihn eine freudige Neugierde zu den kleinen Läden in den halbverfallenen Häusern, zu den Wohnungen, die mit allen geöffneten Fenstern auf die Straße blickten, vor allem aber zu den Menschen. Beweglichkeit und Unruhe zeichneten sie aus, als ob die angestaute Energie um jeden Preis ein Ventil suchte, als ob all diesen Menschen die Enge der Häuser, Straßen, Läden, vor allem aber die geringen Möglichkeiten, die ihnen das Schicksal bot, zum Gefängnis würden. Manchmal dachte er, daß in den engen, vollgestopften Gassen eine Vorahnung der kommenden Ereignisse nistete, und die Unruhe dieser Bewohner übertrug sich auf ihn, zog in sein Herz. Sie waren wie die Vögel, die in der Dämmerung auf den Erkerfenstern einschliefen, sogar im Schlaf wachsam und angespannt, in Erwartung eines nächtlichen Gewitters. Sie waren beweglich und geschwätzig, manchmal maßlos in der Offenbarung ihrer Gefühle mit Worten, Gesten und sogar mit Blicken – aber stets bemerkte er in ihren Augen einen Schatten der Furcht, als verfolge sie die Unsicherheit, als könnten sie sich von dem Gefühl der Bedrohung nicht freimachen.

Diesen seltsamen Schatten fand er nicht nur in den Blikken der Passanten, die dunkle Judenröcke trugen. Er irrte auch unter den Lidern seiner Schulfreunde, der Knaben in weißen Hemden und gemusterten Krawatten, an die sich der grauhaarige Pater Präfekt immer etwas spöttisch wandte, wenn er vor Beginn der Religionsstunde in der Klasse erschien:

»Die Herren Altgläubigen und Lutheraner werden gebeten, die Klasse zu verlassen.«

Die drei evangelischen Jungen verließen ungezwungen ihre Bänke, froh, daß ihnen die Stunde der langweiligen Quasselei über den katholischen Herrgott erspart bleibt. Aber schon im Flur nahm der rothaarige Pastor die Schäfchen unter seine Obhut. Die drei Jungen, die der Präfekt als die Herren Altgläubigen ansprach, verließen die Klasse langsam und zögernd, als läge auf ihren Schultern die furchtbare Schuld für die Kreuzigung Jesu Christi.

Von Jesus glaubte der Knabe in seiner Kindheit, daß er ein Pole sei wie alle Menschen. Gab es denn überhaupt jemanden, der nicht polnisch sprach und die Hymne ›Noch ist Polen...‹ nicht kannte? In seiner Kindergartenzeit sang er Weihnachtslieder unter dem Christbaum, und aus denen ging ganz klar hervor, daß die Muttergottes das Kindlein in einem Stall geboren hatte, zwischen den Hirtenknaben. Wo sonst konnte das denn geschehen sein, wenn nicht an den Ufern der Weichsel? So oft er mit seinem dünnen Kinderstimmchen die Worte sang »Lulaj, Jesulein!« sah er in dem schwer zu durchdringenden Nebel des Vergessens sich selbst im Bettchen, vor der cremefarbenen Tapete, in dem düsteren, schmalen Zimmer, wo er die ersten Jahre seines Lebens verbracht hatte, und hörte die Stimme seiner Mutter, die einschläfernd wiederholte: »Lulaj, Süßer, lulaj, lulila, lulila!«

Wenn er die Bilder des Kindleins betrachtete, entdeckte er in dem pausbäckigen Gesichtchen so etwas ähnliches wie seine eigenen Züge, die Züge des dicken Bübchens von dem Photo, mit den rosa Wangen, den Fingerchen wie kleine Würstchen und den spärlichen, lockigen Härchen. Unweigerlich war also Jesus ein Pole, er war in Polen geboren, unter den ausgebreiteten Flügeln des weißen Adlers. Als er dann erfuhr, daß es anders war, erstarrte er vor Entsetzen, dann verwarf er mit Empörung diese neue Form seines Wissens, doch schließlich begann er, die Bildnisse Gottes mit anderen Augen zu betrachten.

Er erinnerte sich sehr genau an seine ersten Eindrücke in der Kirche. Sie waren durchdringend und schrecklich. Seine zarte kindliche Person war ganz und gar ausgefüllt von dem Lärm der Orgel, der irgendwo von oben herabsank, aus einer Höhe, zu der sein Blick nicht mehr reichte. Er kniete in der Bank, spürte das harte Holz und die Kälte des Steinbodens. Sein Kopf war voll vom Gebrüll der Pfeifen, und wenn er sein kleines Händchen auf die Bank legte, spürte er, wie ein Zittern durch das Holz lief. Er schaute auf den Altar, sah den mächtigen Goldkranz, darunter einen Schwarm von Figuren, die Heilige und Selige darstellten. Ein wenig abseits, in einer Nische aus Stein, hing Christus am Kreuz. Christus war nicht Jesus, denn in der Vorstellung des Knaben war Jesus himmelblau, goldfarben und winzig; Christus dagegen erschien ihm gelb, düster und unglaublich alt. Jesus – das war ein Kindlein in der Krippe, umgeben von freudigen Hirten und einer Herde fröhlicher Tiere, unter denen ohne Mühe ein Eselchen auszumachen war, ein Kalb, kleine Schäfchen und sogar ein Hahn. Über Jesus beugte sich die nachdenkliche Gottesmutter, angekleidet nach Art der Bäuerinnen, mit einem mädchenhaften, süßen Gesicht.

Christus dagegen war ein Riese mit starken Armen, Lenden und einem Brustkorb, mit einem schrecklichen Gesicht, das Leiden ausdrückte, welches der Knabe nicht verstand. Christus war ein alter Mann mit langem Haar und einem Bart. Auf dem Kopf trug er eine Dornenkrone, unter der dichte Blutstropfen hervorquollen und über das Gesicht rollten. Das ganze Gesicht schien mit einem bläulichen Schatten überzogen, und das erfüllte den Knaben mit Angst. Die Augen des Christus waren geschlossen, das Jesukind dagegen hatte immer geöffnete Äuglein, die neugierig in die Welt blickten. Christus hing am Kreuz irgendwie schwer und unbeweglich – und der Knabe wußte, daß diese Schwere und Unbeweglichkeit den Tod bedeuten. Aber zu der Zeit begriff er noch nicht, was das ist – der Tod! Also fürchtete er Christus eher, als daß er Mitgefühl empfunden hätte.

Auch die Gottesmutter erkannte er nicht wieder. Er sah sie in dunklen Kleidern mit einem Ausdruck furchtbarer Verzweiflung im Gesicht. Doch am meisten wunderte er sich über ihre Hände. Sie waren alt, angeschwollene Äderchen zeichneten sich darauf ab, sie verkrampften sich ohnmächtig an verschiedenen Gegenständen oder krallten sich daran fest mit einer unbekannten, furchtbaren Kraft.

Erst nach Jahren hatte der Knabe begriffen, daß das den Schmerz nach dem Verlust des Sohnes bedeutete. Aber dieser Sohn war kein Söhnchen mehr, sondern ein alter, abgearbeiteter Mensch, der an das Kreuz mit rostigen Nägeln geschlagen worden war. Das alles schien dem Knaben etwas unheimlich, vor allem aber war es ihm fremd und fern.

Wieder vergingen einige Jahre. Da begriff er. Langsam vergaß er Jesus, der in seinem Kinderzimmer geblieben war bei den längst verlassenen Spielsachen. Manchmal kehrte er zu ihnen zurück mit einer gewissen Rührung und dem Verständnis, das gewöhnlich Erinnerungen an die Kindheit begleitet. Er kehrte also auch zu Jesus zurück, und in den Weihnachtstagen summte er gerne unter dem Christbaum »Lulaj, Jesulein!« Aber Jesus war niemals Grund seiner Unruhe.

Als er begriff, daß Christus am Kreuze gestorben war, begriff er auch zum zweiten Mal den Tod. Seit diesem Augenblick empfand er Mitgefühl, Dankbarkeit und Furcht, wenn er an die Kreuzigung dachte. Er empfand Mitgefühl für den Leidenden, war dankbar für dieses furchtbare Opfer, das auch für ihn dargebracht worden war, und fürchtete den Tod. Er war nicht fähig, die folgende Stufe der Religion zu überschreiten, jenseits derer, wie man ihm versicherte, jeder Mensch die wunderbare Aussöhnung mit dem Leben und dem Tod findet.

Als er zum ersten Mal hörte, daß Christus Jude gewesen ist, lief er in die nächste Kirche, sah dem Gekreuzigten ins Gesicht – und erblickte dunkles, krauses Haar, einen dunklen Bart und diesen furchtbaren bläulichen Schimmer des Märtyrertodes unter den Lidern. Er sah einen Juden – und erzitterte in seinem Herzen, denn plötzlich verließ ihn die Gewißheit, daß sein Polentum den sicheren Eintritt in das Paradies bedeutete.

Fieberhaft erregt lief er durch die Kirchen, betrachtete die Bilder. Von allen Seiten umgaben ihn bärtige Heilige, alle sahen Juden ähnlich. Sie saßen über die Bücher gebeugt im Schein der Talgkerzen, weideten die Herden auf den Auen oder in den geballten Wolken, doch meistens glitten sie im All immer höher und höher, dorthin, wo auf dem goldenen Thron in breiten, farbigen und reichen Kleidern Gottvater saß.

An seiner Seite bemerkte der Knabe Christus mit sanftem, etwas melancholischem Antlitz und auch den Heiligen Geist in der Gestalt einer weißen, flatternden Taube.

Der alte gewaltige Gott, in würdevolles Schweigen gehüllt, erschien ihm wie ein reicher, mächtiger Jude, Christus mit traurigem Blick und bleichem Gesicht war ein sanfter, wohlerzogener Jude.

Seit dieser Zeit empfand er für alle Juden so etwas wie freundliche und freundschaftliche Achtung. Und auch dann, als er schon etwas von den Verwirrungen des Christentums begriff, die der Präfekt mit trockener, kühler Stimme erläuterte, als er das Verbrechen der Kreuzigung und die Bedeutung dieses Opfers in der römisch-katholischen Religion verstanden hatte, blieb er immer noch ein Freund der Juden.

Manchmal dachte er – war sich aber sogleich der Häresie seiner Ansicht bewußt –, daß diese Kreuzigung ihre eigene, jüdische Sache gewesen sei, die erst später, ungeachtet des Willens der Jerusalemer Priester, zur Sache der ganzen Menschheit geworden sei. Schließlich hatte Gott gerade die Juden auserwählt, damit unter ihnen sein Sohn geboren werde und sie diesen Sohn am Kreuz töten sollten. Er muß doch damit eine Absicht verfolgt haben, wenn er dies beschlossen hatte, obwohl er doch das Jesuskindlein nicht nach Bethlehem, sondern nach Nowy Targ hätte senden können!

Bei diesem Gedanken empfand er manchmal Bitterkeit. Als hätte Gott Verrat begangen, oder sagen wir, als wäre ihm ein Irrtum unterlaufen. Denn er hätte doch schließlich auch anders entscheiden können. Doch dann überfielen ihn wieder neue Zweifel und Befürchtungen. War es im Grunde genommen nicht besser, daß Gott das ferne Palästina auserwählt hatte und dieses jüdische Volk, dunkel, zänkisch und unruhig, als Wiege für seinen Sohn? War denn all das, was später mit Christus geschehen war, nicht die Ursache für die schmerzliche Zerstreuung der Juden, also Ursache ihres Leidens, ihrer Not, ihres Unglücks, jener Verachtung, die sie so häufig spürten, jener menschlichen Abneigung, die sie umgab? War es nicht besser, daß Gott den Polen diese Prüfung erspart und sie nicht auf die furchtbare Probe gestellt hatte, nicht der Verführung ausgesetzt hatte, den Heiland zu richten? Und war der Schatten dieser Furcht, der Unsicherheit und Unruhe in den jüdischen Augen, den alten, jungen, sogar denen der Kinder, nicht die Spur des ewigen Fluches? Und wenn so oder anders alles im Stamm der Juden begonnen hatte, verdienten dann diese Menschen nicht ein klein wenig freundschaftliche Achtung, ein gutes Lächeln, Verständnis?

Um die Wahrheit zu sagen: Er mochte seine jüdischen Schulkameraden nicht besonders, aber nicht deshalb, weil sie Juden waren, sondern weil sie keine sein wollten. Die anderen im Judenrock, die sich in den schmalen Gassen drängten, mit ihren heiseren Stimmen die Gebete im Licht der Sabbatkerzen sprachen, standen ihm wegen ihrer eigenartigen Besonderheit näher als jene braven, dunkelhaarigen Knaben in gebügelten Hosen und Hemden mit steifen Kragen. Und nur in dem Augenblick, wenn der Pater Präfekt in der Tür erschien und sie im Gänsemarsch hinausgingen, ein wenig sich ihrer selbst schämend, waren sie ihm wieder besonders nah. Denn plötzlich, zweimal in der Woche zu der im voraus bestimmten Stunde, fiel über sie die Besonderheit, jenes Anderssein, das sie gar nicht wünschten.

Manchmal dachte er, daß es ganz einfach Sünde sei. Doch diese Sünde fiel auf das Gewissen des Pater Präfekten, während er selbst sich den Luxus des Samaritertums leisten konnte. Eigentlich war das gar nicht so schlecht.

Mangelndes seelisches Gleichgewicht, das war es, was ihn stets bedrückte. Er entdeckte eine gewisse Zwiespältigkeit in sich, als würde er irgendwo in dem Grenzraum schweben zwischen der Welt, die in ihm selbst war, und der anderen, der äußeren. Er war ein Teil all dessen, was ihn umgab, daran gab es keinen Zweifel. Aber ihm war auch bewußt, daß er für sich allein war, getrennt von allem anderen. Diesen Widerspruch konnte er nicht überbrücken. Er fühlte sich zu schwach, zu unerfahren und sogar einfach zu unwürdig, Entscheidungen von solcher Tragweite zu fällen. Als ihm dieser Gedanke zum ersten Mal kam, war er nicht ganz sieben Jahre alt und wußte nicht, daß dieser Zustand Einsamkeit genannt wurde. Später fand er zwar dafür das richtige Wort, aber das reichte nicht aus, um ihm die Ruhe zurückzugeben.

Eines Abends hörte er im Arbeitszimmer seines Vater seltsame Worte: »Krzyś, wenn du erwachsen bist, wirst du auch allein sein. Schon heute bist du ein bißchen allein, denn du mußt auf deine eigene Art leben.«

Das also war es. Niemand konnte stellvertretend für ihn oder in seinem Namen leben. Alles um ihn herum war ihm gegeben worden, er allein sollte darin Ordnung schaffen. Mehr noch, er konnte von den Erfahrungen anderer Menschen nicht zehren, davon überzeugte er sich immer wieder seit den ersten Tagen seiner Kindheit. Vater und Mutter, Lehrer und Kameraden konnten ihm viele sehr nützliche Dinge mitgeben, aber das Wichtigste konnten sie ihn nicht lehren, nämlich, was er mit sich selbst mitten in dieser riesigen Welt anfangen sollte. Damals blickte er zum ersten Mal verzweifelt und voller Hoffnung zum Himmel. Nur dort konnte er einen Wegweiser finden, und nur wenn er mit Gott in Verbindung trat, empfand er keine Einsamkeit.

Am ersten Tag nach der Ankunft, lange vor Sonnenuntergang, gingen sie zur Jagd. Er fühlte keine Erregung bei den Vorbereitungen zu diesem Abenteuer. Als ihm sein Vater die Teilnahme an der Jagd vorschlug, zögerte er eine Weile.

»Was ist daran so interessant?«

»Du bekommst ein Gewehr und Schrotpatronen«, sagte der Vater aufmunternd.

Ach, sie kannten ihn im Grunde genommen gar nicht. Die Zeiten, da er sich vorstellte, er sei ein Trapper unter den Gipfeln der Appalachen, gehörten zur unwiederbringlichen Vergangenheit. Schon länger waren ihm Jagden auf große Tiere, Indianerrufe in stillen Wäldern, Skalps und Schüsse aus Musketen langweilig. Er hatte die Trappervergangenheit hinter sich gelassen und auch den Pelzhandel, die Prärie und die Saloons des Wilden Westen. Selbst die verirrten Segler im Südchinesischen Meer wirkten auf ihn nicht mehr erregend. Vater glaubte, sein Sohn würde immer noch Mustangs reiten, während er dagegen mühselig den steilen Pfad des Glaubens erklomm und die Lehren des Heiligen Franz von Assisi las.

›So ist es‹, dachte er, die Eltern sind immer etwas verspätet. Als ich von der Prärie träumte, meinten sie in mir die heimliche Liebe zu dem Fürsten Poniatowski zu entdekken, und kauften mir ein Ulanentschako. Ich wollte damit nicht spielen, mein Vater wurde böse und warf Mutter vor, ich sei ein verdorbenes Kind, weil sie mir allzu viele Wünsche erfülle. Dabei sehnte ich mich immer nach dem, was unerreichbar war. Und wenn man endlich meine Sehnsucht erfüllte, war ich nicht mehr der, für den man mich hielt . . .

So nahm der Knabe die Einladung zur abendlichen Jagd ohne Begeisterung an. Sie sollten, mit Flinten ausgerüstet, Enten aufstöbern, die ihr bewegliches Leben im Moor zwischen den beiden Seen führten. Aus diesem Anlaß gab es eine kleine Auseinandersetzung zwischen den Eltern, denn seine Mutter hatte Lust, an der Jagd teilzunehmen. Vater war entschieden dagegen.

»Meine Liebe«, sagte er, »du bist anfällig für Erkältungen und sehr empfindlich. Außerdem sprichst du zuviel. Du hältst es doch nicht länger als fünf Minuten aus, ohne etwas zu sagen...«

»Du bist scheußlich«, antwortete meine Mutter, gab sich aber geschlagen. Sie hatten beide recht gehabt, Vater, daß er sich widersetzte, sie, weil sie nachgab.

Die Stunden des Nachmittags vergingen mit den Vorbereitungen zur Jagd. Im Salon schlug es sechs, als der Knabe von seinem Vater zum Rat der Jäger gerufen wurde. Er kam durch den vorderen Aufgang ins Haus und war nun zum ersten Mal in diesem Flügel des Gutshauses. Das Zimmer war riesig, mit einer viel zu niedrigen Decke. Drei Fenster blickten in den Park, dort aber wuchsen sehr alte Bäume, so daß die Schatten ihrer Blätter an den Wänden lagen und grünliches Halbdunkel den Raum erfüllte. Der Salon war vollgestopft mit Möbeln. Zwei Sofas standen hier, mehrere Sessel und Stühle, eine Konsole, deren Schnitzereien an den Bug einer Galeere aus dem siebzehnten Jahrhundert erinnerten, kleine Sekretäre mit unglaublich vielen Schubfächern und ein ovaler Tisch, an dem sich die Herren versammelt hatten. Alle Gegenstände in diesem Raum waren abgenutzt, alt und verstaubt, als wäre er jahrelang verschlossen geblieben und nie gelüftet worden.

Auf dem Boden aus eng aneinanderliegenden Eichenbohlen, die so trocken waren wie Späne, lag ein Teppich. Sicher hatte er früher einmal die Farbe reifer Kirschen mit gelben, dunkelblauen, schwarzen und himmelblauen Mustern. Jetzt konnte man seine Zeichnung nicht mehr erkennen. Er war an einigen Stellen durchgescheuert und zeigte den entblößten braunen Fußboden.

An der Wand gegenüber der Tür hingen zwei gekreuzte Säbel, eine alte Flinte, deren Griff mit silbernen Einlagen verziert war, und der schwarze Kopf eines vor Jahren geschossenen Wildschweines, der ebenfalls von einer dicken Staubschicht bedeckt war. Ein Auge des Tieres war irgendwo verlorengegangen.

Die Herren saßen an dem ovalen Tisch und rauchten. Über ihren Köpfen schwebten bläuliche Rauchwölkchen. Dem Knaben schienen sie alle einander ähnlich zu sein. Sie trugen grüne Jägerjoppen, Tuchhosen und hohe Schuhe aus weichem Leder, bis zu den Knien geschnürt. Alle hatten den gleichen konzentrierten und doch etwas lustigen Gesichtsausdruck, den Männer anzunehmen pflegen, wenn sie besonders ernst wirken möchten. Sie erinnerten ihn an Bilder aus den Büchern, die er vor Jahren gelesen hatte, mühselig den Finger von Zeile zu Zeile rückend. Es waren Büchlein über die Grenadiere Kaiser Napoleons oder über die tapferen Aufständischen des Jahres 1863. Auf den Bildern sah er die Gesichter bärtiger, braungebrannter Helden, Gesichter, die von der physischen und gedanklichen Anspannung faltig geworden waren, gewiß sollten die Falten wahre Männlichkeit ausdrücken, unter der man in diesen Büchlein Ausdauer verstand, Ehre, Treue und Mut.

Oft schon hatte der Knabe überlegt, wie es wohl gekommen sein mochte, daß seit jener Zeit alles auf der Welt durcheinander geraten war. Die Grenadiere des Kaisers hatten weder Frauen noch Töchter. Nur manchmal kam es vor, daß sie Mütter hatten. Die Mütter schickten sie in den Kampf für den Kaiser oder das polnische Vaterland und warteten dann geduldig, bis sie wieder zurückkehrten. Es kam vor, daß sie nicht wiederkamen. Dann weinten die Mütter, aber meist im dunklen Kämmerlein, denn sie schämten sich, Tränen um gefallene Helden zu vergießen. In diesen Büchlein bevölkerten ausschließlich Männer die Erde. Frauen standen im Hintergrund, ängstlich und zart. Sie fürchteten die Männer, aber nur diese allein konnten sie vor der nächsten bereits drohenden Gefahr schützen. Dann verdrehten die Frauen die Augen, die Männer zwirbelten die Schnurrbärte. Und zogen wieder in den Kampf.

Doch dabei war in der realen Welt alles ganz anders. Zu Hause hörte der Knabe vor allem die Stimme seiner Mutter, nicht die des Vaters. Überall, wo er hinsah, gaben die Frauen den Ton an und beeinflußten den Gang der Ereignisse. In ihrer Gegenwart waren die Männer meist sehr lebhaft, bewegten sich leicht und, wie ihm schien, mit tänzelnden Schritten, nickten, räusperten sich, lächelten höflich und sogar mit einer gewissen Untertänigkeit.

Aber dann, wenn sie allein blieben, nahmen sie eine ganz andere Haltung an. In Gegenwart der Damen saßen sie steif, leicht nach vorn gebeugt, jeden Augenblick bereit zur Tat. Dem Knaben schien es, als wären sie unter dem Einfluß angespannter Aufmerksamkeit, um nur nicht irgendwelche Notwendigkeiten zu versäumen, die er doch eigentlich nicht verstand. Aber in dem Augenblick, wenn sie unter sich waren und die Anwesenheit der Frauen nicht drohte, verschwand die Spannung. Dann setzten sie sich bequem in die Sessel, ließen die Schultern hängen. Die Zigaretten steckten zwischen ihren Lippen, die Worte kamen undeutlich, etwas gelangweilt sogar dann, wenn sie von wichtigen Dingen sprachen. Meistens verschränkten sie dann die Beine, manche fuhren sich mit gekrümmten Fingern durch das Haar oder spielten mit den Enden ihrer Schnurrbärte. Etwas Erstaunliches war in dieser Verwandlung, die so plötzlich einsetzte und zugleich so launisch anmutete. In Gegenwart der Frauen sah man in ihnen die weiche Elastizität, sogar Unterwürfigkeit, vereint mit der Spannung, die dem Jungen gefährlich erschien.

Ohne Frauen wurden sie träge, ruhig und entspannt, und dabei zeigten ihre Gesichter Selbstsicherheit und martialische Verwegenheit. In diesen Augenblicken waren sie jenen Grenadieren und Aufständischen ähnlich, die in einen blutigen Kampf zogen.

Da saßen sie nun im Salon, eine kleine Einheit napoleonischer Krieger, an dem ovalen Tisch und rauchten. Alle waren aufgeschlossen und ein wenig gelangweilt, als warteten auf sie schon im nächsten Augenblick frisch gemachte Betten, die zum Schlafen einluden. Auf ihren Gesichtern spiegelte sich aber auch Standhaftigkeit und starker Wille, etwas Finsteres und Steinernes zugleich, was der Junge stets in Verbindung brachte mit Schweiß und Pferdegewieher, mit dem Rauch der Schüsse, dem Stöhnen der Verwundeten und den Pyramiden. Vater saß auf dem Sofa, er hatte ein Bein über das andere geschlagen, seine Waden in den engen Schnürstiefeln sahen aus wie die Waden des behaarten Faun auf dem Podest im Garten. Neben ihm, bequem in einen Sessel gelehnt, die Beine von sich gestreckt, eine Zigarette im Mundwinkel, saß mit geschlossenen Augen Major Kurtz, ihr Reisebegleiter aus Warschau. Pilecki in aufgeknöpfter Uniformjacke, am stärksten gebräunt, mit faltigem Hals, auf dem der weiße Hautstreifen unter dem Kragen wie eine Narbe aussah, hockte auf dem Stuhl wie auf einem Pferd. Vor ihm an der Lehne stand sein Jagdgewehr, er hielt es mit den Fingern am Lauf. Der untersetzte, fast schon kahlköpfige Verwalter Malinowski hatte seinen Platz auf dem zweiten Sofa. Er schien mit einer wahren Sisyphusarbeit beschäftigt, er versuchte nämlich das rötliche Roßhaar, das in Büscheln aus dem aufgeschlitzten Sofa quoll, wieder in den Bezug zu stopfen. Am Fenster saß auf einem harten Stuhl der Förster – er hieß Elch – ein pausbäckiger, noch nicht alter Mann mit hellem, strohähnlichem Haar und einem Schnurrbart in der gleichen Farbe, er trug eine Försteruniform, schon ziemlich verschlissen und befleckt. Nur er hatte an den Füßen harte Bauernstiefel, an denen noch getrockneter Lehm klebte. In der rechten Hand, die leicht nach innen gebogen war, hielt er eine brennende Zigarette, neben ihm stand auf dem Fußboden eine Blechschachtel mit Tabak und Zigarettenpapier. Der Knabe setzte sich auf einen Stuhl in der Nähe des Försters. Sie wechselten einen Blick. Der Förster nickte zur Begrüßung. Pilecki sagte: »Also, Severin, Krzyś geht mit dir, ja?!«

Mein Vater hatte Bedenken.

»Ich kann auch allein gehen«, meinte der Knabe.

»Lieber nicht, die Jagd ist kein Spiel«, antwortete Pilecki.

»Eben«, warf Vater ein.

»Ich nehme den jungen Herren mit«, sagte Förster Elch.

»Sehr gut.«

Der Junge meinte Erleichterung in der Stimme seines Vaters zu hören. Es wunderte ihn nicht. Vater liebte die Jagd. Im Herbst war er bereit, in jedem freien Augenblick lange, ermüdende Reisen auf sich zu nehmen, nur um dann ein paar Stunden mit der Jagdwaffe durch den Wald zu streifen.

Sein anstrengendes Leben in Warschau verstärkte die Sehnsucht nach Einsamkeit in der Natur.

»Herr Elch, erklären Sie, wie wir gehen sollen«, sagte Pilecki.

»Ich denke, Herr Hauptmann, daß wir über Zagaje zum Moor gehen, dort trennen wir uns. Herr Hauptmann könnte vielleicht in Richtung Leniwe...« Er brach ab, nicht sicher, ob der Vorschlag richtig war.

»Ich gehe gerne nach Leniwe«, meinte Pilecki. »Wir gehen zusammen.«

»Sehr gut.« Mein Vater war einverstanden.

»Herr Major, wenn's genehm ist, könnte durch den Erlenwald gehen, zum Seeufer. Dort waten die Wildenten.«

»Weiß ich«, sagte Major Kurtz, »voriges Jahr war ich dort.«

»Ach ja«, fuhr der Förster erfreut fort. »Der Herr Major kennt die Stelle. Da waren wir im Sommer. Vielleicht, daß wir mit dem jungen Herrn und Malinowski in Richtung Duże gehen? Wenn ich mich recht erinnere, jagen Herr Major am liebsten allein.«

»Malinowski stört mich nicht«, sagte Kurtz.

Der Verwalter unterbrach seine Beschäftigung mit dem Roßhaar und murmelte: »Nein, nein... Ich werd' schon mit Elch gehen.«

»Gut«, entschied Pilecki. »Wir beide, Severin und ich, gehen also in Richtung Leniwe, der Major nach Sucharki, alle anderen nach Duże.« Plötzlich winkte er ab.

»Falsch«, sagte er. »Was machen wir mit den Hunden? Lieber Malinowski, Sie gehen doch mit dem Major. Mit Ihnen Saba. Sie kennt den Major nicht...«

»Richtig«, brummte Kurtz. »Ich gehe gerne mit Malinowski...«

»Großartig«, warf Vater ein.

»Elch, Sie nehmen Kajtek, ich Julita. Einverstanden?« fragte Pilecki.

»Versteht sich, Herr Hauptmann«, rief bereitwillig der Förster.

»Es wird Zeit«, sagte mein Vater und erhob sich vom Sofa. Seine Bewegungen waren elastisch, er schien mit seltsamer Energie geladen. Alle standen auf, rückten geräuschvoll die Stühle beiseite und gingen zur Tür.

»Wie kommen wir zurück? Getrennt?« fragte Kurtz.

»So wie es sich ergibt. Eine Stunde nach Sonnenuntergang müßten wir hier sein. Das Abendessen wird warten...«

»Das will ich hoffen. Ein gutes Abendessen und ein Fläschchen Wacholderschnaps.«

»Wird sich finden«, schloß Pilecki das Gespräch. Die Herren lachten. Einer nach dem anderen gingen sie zum Ausgang, dann die schattige Allee bis zum Ende des Parks hinunter. Die Sonne wärmte noch immer sehr stark. Es roch nach Wasser, dem sommerlichen Grün und nach alter Zeit. Vom Tor her hörte man das Bellen und Winseln der Hunde. Als sie näher gekommen waren, sah der Knabe drei Wachtelhunde.

Der alte vertrocknete Bauer, der am Abend zuvor die Lampen in den Speiseraum gebracht hatte, hielt sie an kurzen, gespannten Leinen. Beim Anblick der Jäger erhoben die Hunde freudiges Geschrei. Der Bauer verneigte sich ungeschickt und, als hätte er es plötzlich eilig, übergab er hastig die Hunde dem Verwalter. Der reichte die Leinen weiter an die übrigen Jäger.

Wie verabredet, nahm Pilecki die Hündin Julita, mager, nervös, mit schmaler Schnauze und geröteten Augen. Die nicht ganz reinrassige Saba, kräftiger und größer als Julita, aber ohne Grazie, ging mit Malinowski. Der Förster bekam Kajtek, einen alten Tunichtgut, stets zu Unfug aufgelegt, mit resoluter, etwas spöttischer Schnauze. Kajtek war auch kein reinrassiger Wachtelhund, er hatte etwas Setterblut in seinen Adern, über der Stirn eine lustige, rauhe Locke.

Sie machten sich auf den Weg. Die Hunde, an gespannten Leinen, liefen vor den Menschen. Die Männer waren jetzt schweigsam, konzentriert. Am Moor trennten sich ihre Wege. Sie sprachen nicht mehr zueinander, jeder wandte sich in seine Richtung und verabschiedete die Kameraden mit einer Geste, einem Blick.

Der Förster ging vorneweg, der Hund führte ihn. Hinter ihnen, in einiger Entfernung, der Knabe. Sie durchquerten einen Haselhain. Der Grund war hier morastig, ein schmaler Steg wand sich zwischen weichen, üppigen Mooskissen. Unter den Bäumen stand noch träge die feuchte Wärme, obwohl es bereits auf den Abend zuging.

Der Förster Elch schritt hurtig, ohne sich umzuwenden. Der Hund atmete immer schneller und flacher, das Halsband schloß sich enger um seinen Hals, er zog an der stark gespannten Leine, vom Jagdfieber gepackt. Die nervöse Spannung des Hundes ging auf den Knaben über. Seine Schritte wurden unvorsichtiger, hie und da gluckerte es unter seinen Füßen, wenn er vom Weg abkam.

Plötzlich raschelte und knackte es in den Haelsträuchern, Enten schossen in die Höhe und verschwanden im Grün. Dann war es wieder ganz still. Schließlich traten sie in eine weite, offene Ebene hinaus, vor ihnen lag der See, am Ufer dicht mit Weiden bewachsen. Nun ließ der Förster den Hund frei. Das Tier lief los, die Nase an der Erde. Sein Körper wurde plötzlich graziös und zart, der Schritt beschwingt, leicht, beinahe geräuschlos. Es verschwand in den Weiden, sie hörten ein Plumpsen ins Wasser – und wieder schossen unerwartet auseinanderstiebende Enten in die Höhe. Ein kleiner Schwarm zog schwerfällig nach oben. Anfangs flogen sie niedrig und schlugen laut mit den Flügeln, dann bildeten sie eine gerade Reihe und zogen zur Mitte des Wassers.

Der Förster blieb stehen; nahm langsam das Gewehr von der Schulter, suchte einen trockenen Steg und marschierte trägen Schrittes vorwärts. Er versuchte nicht einmal, die Flinte anzulegen, dafür war es zu spät. »Wer hätte gedacht, daß sie so nahe hockten«, brummte er.

So gingen sie also weiter, in etwas größerer Entfernung vom Wasser in leichten Bogen um die Weiden herum. Der Hund lief am äußersten Uferrand, wachsam, leise, gespannt wie die Saite eines Instrumentes.

Der Förster flüsterte bedeutsam: »Der junge Herr ist zum ersten Mal zur Entenjagd?«

Der Knabe nickte.

»Man muß es wissen, das tut man nicht, daß man auf den Vogel schießt, wenn er auf dem Wasser ist«, sagte Elch. Er sprach irgendwie ungeschickt, als fürchte er, seinen Begleiter zu kränken, war aber von der Wichtigkeit der Belehrung überzeugt.

»Gut«, sagte der Knabe. »Aber warum darf man nicht auf dem Wasser?«

»Da steht das Tier unbeweglich«, sagte Elch. »Man kann leicht treffen. Der Vogel kann auf dem Wasser nicht weg, und der Herr hat jede Möglichkeit. Das tut man nicht bei der Jagd.«

»Verstehe, also nur schießen, wenn er in der Luft ist?«

»Wenn er fliegt«, bestätigte der Förster. »Der Hund stöbert, das heißt, er scheucht ihn auf, dann geht er hoch. Da muß man ihm noch ein Weilchen geben, damit er hochkommen kann – dann erst Schrot! Zu früh gehört sich's nicht, da hat der Vogel noch Schwere in sich, ist noch nicht so hoch, wie's sein muß, da kann er sich noch nicht davonmachen. Wenn er schon kreist, ist es für beide gleich. Der junge Herr trifft – oder nicht!«

»So ist es«, gab der Knabe flüsternd zurück.

»Und immer vor den Vogel zielen. Ich zeig's noch.«

»Gut.«

Plötzlich verlor er die Lust auf diese Jagd. Er dachte, daß darin eine riesige Dummheit und Gemeinheit steckt. Zunächst weisen sie ihn an, die Spielregeln zu beachten, um den Enten eine Überlebenschance zu geben, und dann sagen sie, er solle sie töten, und verlangen, daß er gut zielt und trifft. Was für ein Irrsinn. Wozu sind sie denn eigentlich hergekommen? Wenn sie diese Vögel erjagen wollen, dann sollten sie sich um den Erfolg ihres Tuns bemühen, die Ente im Weidengestrüpp überraschen selbst dann, wenn sie sich im Dickicht verfangen hat, und dann schießen aus allen Rohren, auf Nummer Sicher! Wenn sie aber meinen, die Enten müßten eine Überlebenschance haben, dann sollen sie doch im Salon sitzen oder vor dem Haus am Rasen und über Politik oder Reisen schwatzen. Die ganze Geschichte von den Chancen des Jägers und der Tiere ist eine verlogene Ausflucht. Sie wollen nicht als Mörder gelten, sondern als tapfere Ritter, die einen Feind verfolgen. Das ist ein Betrug, denn noch nie hat eine Ente einen Jäger totgebissen.

Wieder erinnerte er sich an die Bilder aus seinen Kinderbüchern und fühlte sich hintergangen. Die Grenadiere und die Aufständischen hatten doch wenigstens ein großes Ziel vor sich und begaben sich in eine echte Gefahr. Sie zogen in den Kampf mit bewaffneten Menschen, sie töteten und wurden getötet. Ebenso die Pioniere in der texanischen Prärie. Wie oft hatte er im Kino ihre Leichen gesehen, in denen vergiftete Pfeile der Indianer steckten! Im Kreis aufgestellte Wagen, in Rauch gehüllt wie eine belagerte Festung, aus der die Verteidiger schossen. Ringsherum galoppierten Indianer und überschütteten die Wagen mit ihren Pfeilen. So mancher Verteidiger fiel, von der Spitze durchbohrt, die in seiner Brust oder seinem Hals steckenblieb. Manchmal gingen die Wagen der Verteidiger in Flammen auf. Die Munition ging aus, der Ring der siegreichen Indianer schloß sich. Da hörte man aus der Ferne eine klangvolle Trompete, und von den umliegenden Hügeln schwärmte Kavallerie aus. Auf dem Schlachtfeld blieben aber schließlich die steifen Körper der Gefallenen, der Besiegten und der Sieger. Das hatte einen Sinn. Einen barbarischen, grausamen Sinn!

Hier aber, inmitten der feuchten Haselsträucher und Weiden, war die Schlacht nur eine Einbildung der Männer in grünen Joppen und Schnürstiefeln. Wie Räuber schlichen sie sich an die wehrlosen Tiere heran, und im letzten Augenblick verlangten sie von sich selbst die Einhaltung alberner Regeln, die sie selbst festgelegt hatten, um den Grundsätzen des Anstands Genüge zu tun und ihr eigenes Gewissen zu beruhigen. Das war eine List, eine große, lächerliche Lüge, die sie zu einem Grundsatz der Moral erhoben. Ihr grausames Spiel verwandelten sie dadurch in ein edles, wirklich männliches Unternehmen, das nur tapferer Männer, die das Risiko liebten, würdig war. Wenn sie wenigstens mit einer Lanze auf Tigerjagd gegangen wären wie in uralten Zeiten. Damals kämpften sie für ihr Leben. Um existieren zu können, mußten sie Großwild im Urwald töten. Sie kehrten in ihre Höhlen zurück, zerschunden und geschwächt, aber mit dem Gefühl erfüllter Pflicht, denn auf ihren Schultern trugen sie Nahrung für die schwachen Weiber und ihre hilflosen Kinder. So mancher von ihnen blieb für immer in den endlosen Wäldern, von wilden Tieren zerrissen.

Heute haben sie zum Spiel gemacht, was einst die unabdingbare Notwendigkeit ihres Lebens war. Aber sie wollen es nicht zugeben. So erfinden sie Lügen und Listen und legen sich selbst lächerliche Beschränkungen auf, die von ihrem Gerechtigkeitssinn und ihrer Achtung vor dem Gegner zeugen sollen. Aber es gibt gar keinen Gegner mehr und auch keine Gerechtigkeit. Es gibt nur noch ein gemeines Spiel dummer, starker Männer, zu deren Opfern hilflose Geschöpfe werden.

Der Knabe blieb vor dem Hintergrund des verworrenen Grüns stehen, die Äste der Haselsträucher warfen bewegliche Schatten auf sein Gesicht. Die Sonne schien ganz nah über den Wipfeln der Buchen und der jungen Eichen, langsam glitt sie hinab zum See. Eine graue Wolke, wie verbrannt in der Glut des Sommertages, schob sich träge über den Himmel. Der Hund stand unbeweglich, die rechte Vorderpfote erhoben, die Nase dem sanften Lüftchen entgegengestreckt, das die Äste der Weiden bewegte. Der Förster machte einen Schritt, stützte den Fuß auf einen gefällten Stamm. Und plötzlich erstarrte alles ringsherum, wie es manchmal im Kino vorkommt, wenn das Bild stehenbleibt. Gespannte Stille herrscht dann einen Augenblick, bis im Saal die lauten Rufe ertönen. In diesem einen, flüchtigen Augenblick des Schweigens und der Unbeweglichkeit geschieht etwas Sonderbares. Es ist, als würde die Natur eine überraschende Veränderung erfahren. Wie versteinert stand der Knabe. Er wußte, daß die Welt sogleich wieder in

Bewegung geraten und ein Leben ausgelöscht werden würde.

In diesem Augenblick haßte er den Förster, sich selbst, seinen Vater, alle Menschen und sogar diesen Hund, der in seltsamer Haltung verharrte, als wäre er kein Tier mehr, kein Wesen, das unabdingbar zum Tode verurteilt war, sondern ein Werkzeug, ein Teil jener Maschinerie des grausamen, gedankenlosen Tötens. Unter den Weiden hörte man plötzlich zwei dumpfe Schläge, die schlanken Äste erzitterten und gaben den Blick auf das tiefblaue Wasser frei. Ein paar Enten schlugen mit den Flügeln, in den Strahlen der Abendsonne glitzerten die Tropfen gelblich und blau. Lärmend klatschten die Flügel auf das Wasser, der laute Schall brach sich an der grünen Mauer und kehrte als feuchtes Echo an den See zurück. Der Hund sprang in den Morast, die Enten erhoben sich schwerfällig in die Luft, eine, zwei, drei, vier... Sie zogen mit beunruhigender Leichtigkeit, Angst schien ihre Körper zu verlängern. Dann durchschnitten sie den Sonnenkreis wie eine schwarze Sehne.

Da krachte ein Schuß und danach ein zweiter. Der Knabe schaute auf den Förster. Er stand in merkwürdiger Haltung, ein Bein stützte er auf den Stamm, das andere war nach hinten abgewinkelt wie bei einem Lahmen. Seine linke Hand hielt den Lauf, die rechte krümmte den Finger am Abzug. Der Kolben preßte sich zwischen Schulter und Wange, als wachse er aus dem Menschen und wäre die Verlängerung seines Körpers. Bläulicher Rauch stieg auf.

»Jetzt!« rief der Förster. »Jetzt!«

Der Vogel, den er getroffen hatte, verlor an Höhe, sein Körper drehte sich, die weit ausgebreiteten Flügel erstarrten.

Etwas Fremdes, Böses und Unverständliches durchdrang den Knaben. Es kam von außen, ergriff aber rück-sichtslos sein ganzes Sein – er hob die Flinte und zielte. Er dachte noch, daß er ganz langsam abdrücken müsse, nicht sein Ziel verfehlen dürfe, daß er vor den Vogel schießen müsse, um ihm den Weg abzuschneiden. Den Bruchteil eines Augenblicks hielt er den Vogel auf der Linie seines Auges, dann rückte er den Lauf etwas nach rechts und zog ab... Es krachte einmal. Und wieder drückte er ab. Es krachte noch einmal. Die Schüsse klangen hohl, naß, ekel-erregend. Ein Flügel der Ente geriet auf die goldene Kugel der Sonne, sie flatterte, als wäre sie in einem Netz gefangen, der Schrotstoß warf sie zur Seite, sie kam vom Kurs ab, flog einen Halbkreis, als wollte sie auf ihren rettenden Weg zu-rückkehren, dann fiel sie langsam und schlug matt auf dem Wasser auf.

»Guter Schuß!« rief der Förster. Der Hund befreite sich schon aus den Ufergräsern, in der Schnauze trug er die erste tote Ente. Der Förster nahm sie ihm ab, warf sie auf den Boden vor seine Füße und sagte hitzig: »Hol die andere, Kajtek! Hol sie...«

Der Hund lief wieder zu den Weiden. Der abgeschossene Vogel lag auf dem Wasser. Der Knabe sah, wie der Hund in seine Richtung schwamm, wie er die tote Ente zwischen die Zähne nahm, vorsichtig, vielleicht sogar mit etwas Ekel, wie er geschickt eine Drehung machte und dann zum Ufer zurückkehrte. Er beobachtete, wie sich der Hund durch die Weiden arbeitete, wieder festen Boden erreichte, wie er dem Förster die Ente brachte, wie er kuschte, laut schnaubte und nervös mit dem Schwanzende wedelte. Er bemerkte, daß der Förster den zweiten Vogel auch auf die Erde warf, dann schmunzelnd die Flinte auf einen Haselast hängte und aus der Tasche seiner Joppe die Blechschachtel holte, sie vorsichtig öffnete, um nichts von dem kostbaren Inhalt zu verschütten, wie er sich auf einen Baumstamm setzte und begann, eine Zigarette zu drehen. Er sah, wie sich das weiße, dünne Papier in den Fingern des Försters mit Tabak füllte, wie es immer dicker wurde und sich zusammenrollte, um dann in die Höhe der Lippen zu wandern, zwischen denen die Zunge erschien, rosa, glatt und flink, wie sich die Zunge langsam am Papier entlangschob und dabei mit den kurzen, raschen Bewegungen der Finger übereinstimmte, dann steckte sich der Mann die Zigarette in den Mundwinkel, dorthin, wo über der Oberlippe der strohfarbene Halbmond des Schnurrbartes saß. Die Finger des Försters, schnellen, fetten Würmern ähnlich, nahmen ein Streichholz, rieben es am Rand der Schachtel. Es entstand ein kleines Feuer, gelblich mit roter Mitte, wanderte nach oben, um die Zigarette anzuzünden. Er sah, wie das Papier langsam anbrannte, wie es schwarz wurde und braune Streifen zum Mund des Försters zogen.

Das alles nahm er in sich auf und meinte zu sterben. Sein Blick erfaßte die beiden kleinen, hilflosen, toten Vögel in dem zertretenen Gras. Der Flügel eines der beiden Vögel, aufgeplustert und unverhältnismäßig groß, stand hoch wie eine schwarze Hand, die aus einem frisch aufgeschütteten Grab herausragt.

Der Förster rauchte mit Genuß, graublaue Wölkchen umgaben seinen Kopf. Es roch nach Fäulnis. Der Förster streckte das Bein aus, berührte mit seiner derben Schuhspitze einen der Vögel und sagte: »Fette Stücke. Da gehen nicht zwei in eine Pfanne.«

»Ich werde sie nicht essen«, sagte der Knabe. Sein Hals war wie zugeschnürt. Er ekelte sich vor seinen eigenen Händen, vor seiner Stimme, vor allem.

»Gutes Fleisch«, sagte der Förster, »schön zart.«

»Geben Sie mir meine.«

»Selbstverständlich. Das gehört sich so«, meinte der Förster. Er hob einen der Vögel auf.

»Schwer«, sagte er, »fettes Stück.«

Er hielt die Ente am Hals, das Köpfchen baumelte leblos, der rosiggelbe Totenschnabel war furchtbar.

Der Knabe wollte den Vogel nehmen, erschrak aber. »Ich werde nicht davon essen«, wiederholte er und wandte den Kopf ab. Er war verzweifelt. Ich werde sie beerdigen, dachte er plötzlich. Ich schaufle ihr ein Grab und bestatte sie.

»Vogel ist Vogel, und Mensch ist Mensch«, sagte plötzlich der Förster und sah den Jungen von der Seite an. »So ist es nun einmal, junger Herr. Nun, wir müssen weitergehen...«

Er erhob sich vom Stamm, klopfte die Hose ab, verstaute sorgfältig in der Tasche seiner Joppe das Blechkästchen und warf die Flinte über den rechten Arm.

»Vogel ist Vogel«, wiederholte er. Sein Gesicht war melancholisch, es ähnelte der geschossenen Ente, die jetzt an seinem Gurt baumelte.

»Na, und was machen wir damit?« fragte er und zeigte auf den zweiten Vogel.

Der Knabe ging wortlos voran. Der Förster hängte sich die zweite Ente an den Gurt, schnalzte dem Hund, warf den Zigarettenstummel ins Schilf und ging dem Knaben nach.

Die Sonne neigte sich immer schneller, im Westen wurde der Himmel erst grau, dann rötlich. Zwischen den hohen Gräsern glänzte das Wasser. Ein großer, schwarzer Käfer setzte sich auf ein Haselnußblatt. Irgendwo am anderen Ufer dröhnte ein Schuß. Er war noch nicht verhallt, als schon der nächste ertönte. Der Förster sagte leise: »Der Papa des jungen Herrn hat auch ein Versteck entdeckt. Und der Hauptmann Pilecki... Herr Hauptmann hat Glück.« Dann wiederholte er noch einmal mit weinerlicher Stimme wie ein altes Weib: »Vogel ist nur Vogel. Und dabei bleibt's...«

An diesem Abend dauerte das Essen besonders lange. Der Schein mehrerer Lampen erhellte den Raum. Sie standen im Halbkreis auf der Kredenz und auch auf dem Tisch. Fisch wurde gereicht und Fleisch, Kuchen und Dessert. Die Herren tranken Wacholderschnaps, die Damen Wein. Alle waren angeregt, die Herren erzählten ihre Jagderlebnisse, und die beiden alten Damen in ihren Umhängen gaben freudige Rufe von sich.

Dem Knaben schien seine Mutter nicht so schön wie sonst. In ihrem Gesicht spiegelte sich Langeweile und etwas Ärger. Er dachte, sie könne es einfach nicht leiden, wenn sie aufhört, Mittelpunkt des Geschehens zu sein. Sprach man von der Jagd, so schwieg sie. Sie aß wenig und lächelte etwas gezwungen, ihre langen, dunklen Wimpern bedeckten manchmal die Augen, dann erschien auf ihrem Gesicht ein Ausdruck der Bitterkeit.

Vater strahlte. Er verschlang die Speisen, ohne auf ihren Geschmack zu achten, völlig mit seiner Erzählung beschäftigt. Sie hatten mit Pilecki ein ziemlich gefährliches Abenteuer erlebt, denn als sie einen Entenschwarm verfolgten, gerieten sie ins Moor und hatten eine Dreiviertelstunde zu tun, um wieder herauszukommen. Gerettet wurden sie durch einen Baum, den ein Blitz gefällt hatte. An dem glitschigen Stamm entlang krochen sie, bis sie festen Boden unter den Füßen fanden, waren aber von Kopf bis Fuß mit Schmutz bedeckt, mußten auf die weitere Jagd verzichten und gingen in den See baden. Vorher hatten sie aber ein paar Enten geschossen, so daß die Jagd noch durchaus gelungen war.

Major Kurtz brachte sieben fette Vögel, hatte also das gute Recht, sich für den Sieger zu halten, aber als er der Erzählung meines Vaters lauschte, machte er den Eindruck, als wäre er ein wenig enttäuscht, daß ihm das Schicksal ein so schönes Abenteuer versagt hatte.

Eine der alten Damen, sie wurde Tante Cecilie genannt, erinnerte sich, als der Braten gereicht wurde, an ihre eigene Jugendzeit. Es war ihr nämlich auch schon zu jener Zeit passiert, daß sie im Moor beinahe untergegangen wäre. Als junges Fräulein fuhr sie mit dem Einspänner in das ferne Niemirow, um einen Arzt zu holen. Es war in einer Märznacht. Am Abend zuvor hatte sich einer ihrer Leute auf dem Gut unglücklich mit der Axt ins Schienbein geschlagen. Man mußte den Arzt rufen. Ihr Vater war nicht zu Hause, der Verwalter lag betrunken in seiner Kammer. Also beschloß die energische junge Dame, allein Hilfe zu holen. Doch in jener Nacht trat ganz unerwartet Tauwetter ein. Das Fräulein fuhr Abkürzungen über das gefrorene Moor, überzeugt, daß sie Niemirow ohne Schwierigkeiten erreichen würde. Aber unter der Last von Pferd und Wagen brach das Eis, im Erdreich gluckerte es furchterregend, und der Wagen versank langsam im unruhigen Morast. Das Pferd steckte bald bis zum Hinterteil fest, es wieherte ängstlich. Gleichgültig schien der Mond, ringsherum herrschte Stille, leise rauschte der Wald. Es gab keine Hoffnung. Tante Cecilie kroch aus dem Wagen, ein seltsamer Zufall half ihr, einen festen Ast in Reichweite ihrer Arme zu finden. Sie stieg auf den Baum, setzte sich wie eine Eule in die blattlose Krone einer Eiche, nur mit einem losen Mantel, einem Rock und einem Wämschen mit Kaninchenfell bekleidet. Vor ihren Augen versank das Pferd jämmerlich wiehernd im Moor, mit ihm der Wagen. Vor Sonnenaufgang gab es wieder Frost. Das Fräulein zitterte auf dem Ast und bereitete sich auf den Tod vor. Es verfolgte sie, wie sie erzählte, der vorwurfsvolle Blick des Pferdes, das im hellen Mondlicht umkam, hilflos gefangen, bis es in der aufgewühlten, grünen Tiefe von Moos, Wasser und Moorpflanzen verschwand. Bei Sonnenaufgang fanden Leute aus Nałęcz das Fräulein auf dem Baum. Sie waren ausgeschickt worden, um nach ihr zu suchen. Dann lag Fräulein Cecilie drei Tage lang im Bett und kurierte sich mit Säften und Senfpflaster.

»Um ein Haar wäre ich gestorben«, krähte die Alte und trank einen Schluck Wein.

»Und der Knecht?« fragte meine Mutter.

»Der Knecht? Was für ein Knecht? Ich war doch allein im Moor...«

»Der Mann, der sich mit der Axt verletzt hatte?«

»Der ist gesund geworden«, antwortete die Alte unwillig und leicht gekränkt.

Dann erzählte Major Kurtz, wie er als Kind beinahe im Fluß ertrunken wäre. Er wurde ebenfalls im letzten Augenblick von den Fischern gerettet. Überhaupt kam für alle, soweit sie gefährliche Abenteuer erlebt hatten, die Rettung stets im allerletzten Augenblick. Pilecki zum Beispiel schoß im Krieg bis zur letzten Patrone und bereitete sich schon auf den Tod vor, da kam Hilfe. Sogar der Verwalter Malinowski, den einmal in Warschau Straßenräuber angefallen hatten, spürte bereits das Messer an seinem Hals, als eine Abteilung Soldaten vorbeikam und die Diebe vertrieb.

Der Knabe hörte sich die Erzählungen an und dachte ein

wenig müde, es sei niemals vorgekommen, daß ein Abenteuer kürzer währte und einen weniger dramatischen Verlauf nahm. Immer ist es die letzte Patrone, der letzte Augenblick, die letzte Chance. Immer sieht der Überfallene bereits das Messer blitzen, spürt seine Spitze schon am Hals oder im Nacken, die Rettung kommt, wenn bereits alle Patronen verschossen sind, und der Baum streckt seinen rettenden Ast aus, wenn dem Opfer schon Wasser in den Mund dringt. Sollte das wahre Schicksal die Zufälle im Leben eines Menschen übereinstimmend mit den Fabeln der Romane, der Filme und Theaterstücke gestalten? Marschieren denn diese Soldaten, die auf der Leinwand meistens durch eine andere Straße gehen und im Laufschritt zur Hilfe eilen, wenn sie den Schrei eines Überfallenen hören, im Leben niemals gleich dort, wo sie gebraucht werden? Ist der Entsatz immer so untüchtig, daß er stets erscheint, um den letzten Lebenden zu retten, statt eine Viertelstunde früher zu kommen und die kämpfenden Kameraden zu unterstützen? Und schließlich die Fischer auf dem Fluß, die den schwimmenden Knaben beobachten. Warum machen sie ihn nicht auf die Strudel aufmerksam, sondern führen ihre träge Unterhaltung, um erst dann zu Hilfe zu eilen, wenn das Kind bereits in der schäumenden Tiefe verschwunden ist? Oder vielleicht bekommen die Erlebnisse einen literarischen Anstrich, hier am reichgedeckten Tisch erzählt, im hellen Schein der Lampen, in einem sicheren Haus und in angenehmer Gesellschaft. Nur die Literatur kann Mitgefühl erregen, Spannung hervorrufen und die Aufmerksamkeit steigern, während das Leben selbst, in seiner unbestimmten Gestalt, die Zuhörer gelangweilt und gleichgültig zurückläßt?

Der Knabe betrachtete die am Tisch versammelte Gesellschaft. Alle, mit Ausnahme seiner Mutter, hatten gerötete Gesichter und glänzende Augen. Ihre Bewegungen waren ein wenig hektisch. Sogar Monika, die etwas weiter entfernt im Schatten saß, schien völlig mitgerissen von den Erzählungen, dabei meinte er, sie sei ein bißchen neidisch auf die Gefahren, die sie noch niemals bedroht hätten, und auf die jeweilige wunderbare Erregung. Am meisten faszinierte ihn aber das Gesicht des alten Fräulein Cecile. Als sie die Geschichte ihrer Errettung im Moor erzählte, glänzten ihre Augen, und von den Wangen verschwand das bläuliche Weiß. Später, als sie anderen zuhörte, lag auf ihren Lippen ein spöttisches Lächeln, aber in ihren Augen war versteckte Neugier. Der Knabe dachte, daß die alte Dame an keine Abenteuer glaubte, außer an ihr eigenes, aber daß sie ganz erfüllt sei von der Neugierde, wie andere Personen ihre Fabel auflösen und wie sie die Spannung der gegebenen Lage steigern würden. Es schien, als lese Tante Cecile ganz einfach in einem fremden Buch. Mit einer gewissen Geringschätzung verfolgte sie die Entwicklung der Fabel, denn ihre eigene war besser und spannender, aber sie konnte ihre Gier nicht unterdrücken.

Den Mund der Alten verzog ein kleines Lächeln. Es zeigte die zahnlose, bleiche Höhle. Die wässerigen Äuglein betrachteten mit ironischer Aufmerksamkeit nacheinander Kurtz, Pilecki, dann Malinowski. Die schmalen Hände ruhten unbeweglich auf dem weißen Tischtuch, und nur von Zeit zu Zeit wischten ihre mageren Finger gedankenlos Brotkrümel vom Tisch, die neben ihrem Teller verstreut waren. Plötzlich, als der Major von seinem glücklich verhinderten Ertrinken im Fluß erzählte, unterbrach ihn Fräulein Cecile: »Wie bitte? Wie war das?«

»Ich fühlte, daß ich gleich keine Luft mehr bekomme«,

wiederholte der Major etwas verlegen, denn die Geschichte war ihm jetzt etwas durcheinander geraten, »und eben in diesem Moment...«

»Ich verstehe, lieber Herr«, sagte die Alte, »bitte weiter, vorwärts...«

Jetzt konnte sie mit ihm zusammen untergehen, sie brauchte um ihren Atem nicht zu fürchten in diesem großen, kühlen Raum. In diesem Augenblick überkam den Knaben ein starkes Mitgefühl. Er betrachtete das alte Gesicht, den alten Hals, die alten Hände dieser Frau, die mehr als siebzig Jahre mit kleinen Schritten die hiesige Gegend durchmessen hatte, die knarrende Treppe hinaufstieg, abends eine Kerze oder Petroleumlampe in der Hand. Er sah sie, wie sie matt und gebeugt unsicher den Rasen umging oder durch die Weißbuchenallee spazierte, wie sie die große, steinerne Gutsküche betrat, deren Wände von der Decke bis zum Boden mit Töpfen und Steinkrügen behängt waren, wie sie Sträuße aus Feldblumen band und die Vasen im Salon füllte oder die Gemüsebeete im Gärtchen hinter den Scheunen begoß. Er dachte, daß sie schon immer alt gewesen war, sogar damals im Moor, alt, gebeugt, beinahe taub und blind, daß sie jeder Windhauch vom See umwerfen konnte. Jeder Strahl der Märzsonne, der durch die Wolken stieß, konnte ihre Haut verbrennen, sie war zerbrechlich wie Glas, so leicht wie eine Feder, so zart wie ein Körnchen und so dünn wie ein Halm, so faltig wie ein Nüßchen und so kühl wie Eis. Sie war alt, alt, alt – und das erschreckte ihn plötzlich.

Er schaute auf Monika, deren Gesichtchen im Schatten blieb, dort, wo der Lichtkegel der Petroleumlampen nicht mehr hinreichte. Er schaute auf seine Mutter, die vorgebeugt dem erzählenden Major zuhörte.

Und dann blickte er wieder auf Fräulein Cecilie. Also war sie zuerst wie Monika gewesen, rosig, mit fester Haut, geschmeidig, mit einem glatten Hals, dichtem, glänzenden Haar. Damals hatte sie feuchte, zarte Lippen und tiefe Augen, in denen grünliche Funken freudig aufleuchteten. Dann später war sie also wie Mutter – weich, üppig, saftig und schlank, mit einem schönen Hals, den goldener Flaum bedeckte, und einem üppigen Busen, den gleichmäßiger Atem bewegte, ganz eingehüllt in die Wärme, Hitze oder gar Glut ihres Inneren, stolz und selbstsicher, mit weichen, bebenden Lippen und einem zufriedenen, herrischen Blick, mit schlanken Händen, die in mandelförmigen Nägeln endeten, mit schlanken, langen Beinen, einer schlanken Taille und runden, kräftigen Schultern. Und schließlich wurde sie sie selbst, jenes flache Erlenbrettchen, jener schlanke Grashalm, das reifbedeckte Ulmenästchen. Das war also das Leben, darin bestand es, in dem unablässigen Verlust, dem Eintrocknen, Faltigwerden, Zerbrechen. Wo waren jene süßen Säfte, die in Monika noch ängstlich und flach pulsierten, um im Körper seiner Mutter in einem kraftvollen Rhythmus jedes Eckchen ihres Inneren zu durchdringen? Wo war jene Kraft, die in Monika kaum spürbar, in seiner Mutter aber so allmächtig war, daß sie sich nach außen ergoß wie brodelnd heiße Lava und die Welt um sie herum erwärmte?

Es gab jene Kraft im Alter nicht mehr, und auch die Säfte waren nicht mehr da. Geblieben war ein ausgehöhltes, vertrocknetes Würmchen. Eine alte Frau, eine alte Frau – was bedeutet das? Er dachte, daß es ein Fehler war, eine Unvollkommenheit der Sprache, die die ganze Wahrheit nicht auszudrücken vermochte. Wie konnte sie eine Frau sein, wenn sie so alt war? War denn irgend etwas in ihr übriggeblieben, was man ›weiblich‹ nennen könnte? War denn in dem alten Bauern, der die Lampen hereinbrachte und die Hunde an der Leine gehalten hatte am Eingang zum Park, noch irgend etwas Männliches gewesen. Sie beide, er und Fräulein Cecilie waren alt, das Alter hatte sie gezeichnet, und dieses Zeichen schloß Weiblichkeit und Männlichkeit aus. Beide waren ausgetrocknet, schlaff, erloschen, ausgehöhlt. Es mangelte ihnen an Kraft und Säften, und wenn sie sich bewegten, hörte man in ihrem leeren Innern den dumpfen Klang der Klopfer, die früher Aussätze und Bettler ankündigten.

Das war es. Die unbefriedigte Armut klopfte in ihnen, sie verlangten nach einem Almosen. Sie bettelten um einen Blick, ein Wort, eine Geste, denn alles, was sie besaßen, kam bereits von außen, war ein Geschenk der Welt, die ihnen verächtlich einen Krümel ihres Überflusses zuwarf. Sie existierten von der Gnade anderer Menschen, fremde Wärme barg und fremde Kraft schützte sie. Sie lebten das Leben anderer Menschen, und sogar ihre Ängste waren nur Anleihen an fremde Ängste, ihre Sorgen Anleihen fremder Sorgen, und die Fröhlichkeit – sie war das Spiegelbild fremden Frohsinns.

Nur eines war ihr Eigentum geblieben – der Tod. Also dachten sie an ihn, bereiteten sich auf ihn vor und hüteten eifersüchtig vor den Blicken der anderen ihren Umgang mit ihm, denn er war ihre ganze Errungenschaft, ihr Reichtum, ihr heiliger Besitz. Und nur die beiden konnten in diesem riesigen Haus mit dem Tode schwatzen – der alte Bauer aus dem Zwinger und Fräulein Cecilie ... Als Fräulein Cecilie von dem Abenteuer im Moor erzählte, lief es den Zuhörern kalt über den Rücken, und die Haare standen ihnen vor Angst zu Berge, auch wenn sie nicht alles geglaubt hatten, während bei der Erzählung des Majors, Pileckis oder des Verwalters bei Tisch wohlwollende Entspannung herrschte. Als Fräulein Cecilie das Auge des sterbenden Pferdes schilderte, war ihr Gesicht konzentriert, klein, vertrocknet, und doch fiel ein sanfter Glanz auf die gelbliche Stirn und die bleichen Wangen. In diesem Augenblick sah sie das, was andere nicht zu sehen imstande waren. Das Sterben des Pferdes sah sie, schrecklich, einsam und einmalig auf der Welt. Das Sterben, mit dem sie sich bereits abgefunden hatte, auf das sie sich selbst bereits ausgerichtet hatte. Für die anderen hier am Tisch war es eine Geschichte, der sie wie einem Märchen lauschten. Also war ihr doch nicht alles genommen worden – dachte der Knabe. Sie hat die Kraft verloren und das Ziel, die Säfte des Lebens waren in ihr vertrocknet und hatten Ruinen hinterlassen. Doch in dieser zerbrechlichen und leeren Hülle ihres Körpers herrschte nicht nur dumpfe Leere. Darin steckte auch etwas Großes und Geheimnisvolles, das niemand von uns kennt und niemand begreifen kann – das heilige Einverständnis mit dem Abgang und dem Abschied.

»Arme alte Dame«, dachte er. »Arme alte Dame!«

Und er empfand große Zärtlichkeit für sie und auch für den Bauern aus dem Hundezwinger. Und er erinnerte sich an seine Großmutter, die um diese Zeit sicherlich die Lampe am Bett auslöschte, um sich zur Ruhe zu legen im fernen Warschau. Unbezwingbare, schmerzliche Sehnsucht nach ihr überfiel ihn. Sein Hals wurde trocken, und unter den Lidern sammelten sich Tränen. Er schloß die Augen und stellte sich seine Großmutter im Sarg vor, im goldenen Licht der Kerzen. Dann plötzlich gerieten seine Gedanken und die verschiedenen Bilder durcheinander.

Er sah Gottvater, der streng auf die Ente blickte, die er mit einer Schrotladung getötet hatte, er erinnerte sich an die Kälte des Gewehrkolbens an seiner rechten Wange, an das metallische Klicken und den Lärm des Schusses. Er öffnete ganz weit die Augen, schaute auf die alte Dame am Tisch, auf seine Mutter, auf Monika. ›Leben und Tod‹, dachte er, ›Leben und Tod. Das ist doch furchtbar...‹

Dessert und gezuckerte Früchte wurden gereicht.

Beim Nachtisch sprach die Gesellschaft über den Krieg. Nicht über den vergangenen, sondern über den, der kommen konnte. Die Meinungen waren geteilt. Major Kurtz vertrat optimistische Ansichten.

»Die Deutschen müßten wahnsinnig sein, in dieser Situation einen Zweifrontenkrieg zu riskieren«, sagte er.

»Die Deutschen sind schon so manches Mal wahnsinnig gewesen«, brummte Pilecki. »Was hältst du davon, Severin?«

Pilecki war immer etwas unsicher und suchte stets Unterstützung bei anderen, als reichten seine eigenen Kräfte nicht aus. Vater zuckte die Schultern, mit den Fingerspitzen zerkrümelte er ein Stückchen Kuchen auf seinem Teller.

»Hitler ist ein schrecklicher Mensch«, sagte er, »aber die Deutschen sind ein kultiviertes Volk, und gesunder Menschenverstand zeichnet sie aus.«

»Wenn ich so sagen darf«, warf Malinowski ein, »ich kenne sie. Ich war in deutscher Gefangenschaft. Man kann nichts sagen, wirklich nicht... Sauberkeit, Ordnung, menschliche Behandlung. Aber Hitler ist etwas ganz anderes.«

»Ich streite nicht ab«, sagte Pilecki, »daß die Deutschen

anständig sein können. Aber man hört geradezu unglaub-
liche Dinge. War es denn früher denkbar, daß die Deutschen völlig unschuldige Menschen verhafteten? Sie haben
Konzentrationslager errichtet. Man sagt, sie sperren da drin
die Sozialisten, Kommunisten und sogar die Katholiken
ein. Das will einem nicht in den Kopf, meine Lieben. Und
keine Freiheit des Wortes. Ist denn das in Deutschland
möglich? Sie hatten die besten Zeitungen der Welt, jeder
schrieb, was ihm gefiel – und dann plötzlich...« Major
Kurtz lachte herb. »Die Welt schreitet vorwärts«, sagte er.
»Geradezu ins Netz!«

Er hatte einen müden Blick, seine ganze Lebenskraft war
verflogen, nur die gesunde Röte auf den Wangen war geblieben. Fräulein Cecilie nickte mit dem Köpfchen. Ihre
jüngere Schwester Rosa, schweigsam und grau wie eine
Maus, erwachte aus einem Schläfchen und sagte leise: »Es
ist schon Zeit.«

Man konnte nicht erraten, ob sie meinte, es sei Zeit für die
Welt, die in das mörderische Netz trieb, oder ob sie zu dem
Schluß gekommen war, daß die Stunde vorgerückt sei.
Mutter begann, von einem Empfang in Berlin zu erzählen,
der vor einigen Jahren stattgefunden hatte.

»Können Sie sich vorstellen«, wandte sie sich an den Major, »daß ich damals einen Strauß blauer Rosen geschenkt
bekommen habe? Sie haben dort eine besondere Sorte und
verwenden irgendwelche Chemikalien. Die Rosen waren
wunderbar, aber sie dufteten nicht.«

»Höre ich zum ersten Mal«, sagte Malinowski. »Die
Deutschen sind pfiffig.«

»Ein Glück, daß wir so weit von der Grenze entfernt sind«, meinte Pilecki. »Bis Nałęcz kommen sie nicht. So
eine Entfernung...«

»Im vorigen Krieg sind sie bis hierher gekommen und noch viel weiter«, sagte Malinowski.

»Das kann man nicht vergleichen«, meinte mein Vater.

»Wir haben heute ganz andere Zeiten und ein anderes Kräfteverhältnis. Im übrigen sage ich Ihnen ganz offen, ich glaube nicht an diesen Krieg. Man muß seine Nerven im Zaum halten.«

»Und wenn es trotzdem dazu kommt?« brummte Pilecki.

»Dann werden wir eben kämpfen«, antwortete mein Vater entschlossen.

Major Kurtz nickte, meine Mutter seufzte. Fräulein Cecilie wackelte wieder mit dem Köpfchen. Ihre Schwester Rosa fiel in einen Schlummer. Monika lächelte den Knaben an, der Knabe gab das Lächeln zurück. Er dachte, daß er den ganzen Tag mit anderen Dingen unsinnig vertan habe, statt sich dem Mädchen zu nähern. ›Morgen werde ich mit ihr reden, sie ist so hübsch!‹ Dann dachte er noch, daß der Krieg, von dem die Erwachsenen sprechen, ihn gar nicht interessierte. Er fühlte sich müde und schwer. Sie sollten endlich aufhören zu schwatzen und lieber schlafen gehen!

Durch das offene Fenster trug der Wind in sein Zimmer den Duft von würzigen Kräutern, Honig und frisch gemähtem Klee. Der Mond streute sein blasses Licht auf das Wasser im See. Ein Wölkchen zog langsam über die Wipfel von Buchen und Pappeln. Der Knabe lag auf seinem Bett und konnte nicht einschlafen. Zunächst mußte er immer wieder an die Jagd denken, dann erinnerte er sich an das Gespräch beim Abendessen und stellte sich den künftigen Krieg vor. Schließlich dachte er an seinen Vater und daran, daß er ihn sehr liebte. Er wollte ihm ähnlich sein, aber nicht völlig gleich, denn einige Einzelheiten seines Wesens verwarf, andere korrigierte er. Zum Beispiel diese Inkonsequenz in seinem Lebenswandel.

Vater war ein strenger und anspruchsvoller Mensch. Eines seiner wichtigen Merkmale war Schweigsamkeit. Er lebte in seinem Arbeitszimmer wie ein Dachs in seiner Höhle, geschützt von dem steifen Hausreglement, das selbst seine Mutter nicht anzutasten wagte. Er kleidete sich sorgfältig, aber ohne jede Anmut, mit einer starken Vorliebe für Grautöne. Er rauchte dicke Zigarren mit Mundstück, aß stets mit Messer und Gabel, niemals mit den Fingern. Er hielt sich gerade, seine Schritte waren ruhig und gleichmäßig, als fürchte er, daß jede schnelle Bewegung die Würde seiner Person antasten könnte.

In seinem Arbeitszimmer setzte er sich stets in einen Schaukelstuhl, und es schien, als bereite ihm das monotone Quietschen des Möbels echtes Vergnügen. Sein Schreibtisch war stets ordentlich aufgeräumt und in seiner Abwesenheit verschlossen. Den Schlüssel trug er an einem vergoldeten Kettchen, das an der Uhr befestigt war.

Jeden Abend holte er aus der Schublade ein dickes Heft und trug alle, auch die kleinsten Ausgaben des Tages ein. Doch das zeugte nicht von einem sparsamen Leben und schon gar nicht von einer systematischen Ordnung der Gedanken und Handlungen. Vater war nicht pedantisch, wäre es aber sehr gerne gewesen, und seine Schwächen, die einer stürmischen, reizbaren Natur entsprangen, versuchte er mit Kleinigkeiten wettzumachen, die als Gegengewicht gelten sollten.

In Wirklichkeit war er ein geselliger Mensch, stets zu einer Unterhaltung bereit. Aber ein schmerzender Stachel steckte in ihm. Er stammte aus einer einfachen Familie. Seine Bildung hatte er mit Mühe unter Verzicht in Armut erworben. Er hatte sicherlich nicht zu den glänzend begabten Jünglingen gehört, nur widerspenstig eignete sich sein Kopf das Wissen an, mühselig plagte er sich durch die Prüfungen in der Schule und auf der Universität, viele Rückschläge mußte er hinnehmen. Das hatte ihn starrköpfig gemacht, hart und nicht sehr selbstsicher.

Wenn er mit Menschen zusammen war, die eine ähnliche Bildung hatten und deren Stellung in der Gesellschaft der seinen entsprach, fühlte er sich wahrscheinlich wertvoller als sie, denn sie hatten das alles fast ohne Mühe erreicht, dank ihrer guten Manieren, der Intelligenz und der häuslichen Erziehung – er aber war zu diesen Höhen aufgestiegen aus der Tiefe seiner Herkunft.

Er hörte nicht gerne, wenn man über das Wissen, die Titel und hohen Ämter spottete. Zuviel hatten ihn das Wissen, sein Titel und das hohe Amt gekostet, als daß er zulassen konnte, daß man es geringschätzte.

Aus seiner Kindheit stammte die Schüchternheit im Umgang mit der großen Welt, die dann seine Welt geworden war. Alle Dinge nahm er sehr ernst und wichtig, was ihn jenen Bauern ähnlich machte, von denen er stammte. Er hatte keinen Humor, es fehlte ihm an Leichtigkeit und Ungezwungenheit im Leben. Er war unnachgiebig, anspruchsvoll, starrsinnig und schweigsam. Aber in der Tiefe seiner Seele spürte er wohl, daß ihn dieser Panzer drückte. Es gab in seinem Leben Augenblicke der Entspannung, dann hörte man ihn im Arbeitszimmer lachen, ein bißchen zu laut und auch ein bißchen zu fröhlich. Manchmal schaute er tief ins Glas, und dann kam es vor, daß er sein Maß überschritt.

Sein Verhältnis zu dem Knaben war seltsam.

»Lerne«, sagte er, »denn ich möchte stolz auf dich sein.«

Er hielt das Lernen für den Schlüssel zu allen Geheimnissen des Lebens, darin sah er auch die Chance, sich über den Durchschnitt zu erheben. Er war ein fanatischer Befürworter des Lernens, in dieser Beziehung litt er weder Faulheit noch Leichtsinn oder Mangel an Lust. Er war auch nicht zufrieden, wenn dem Knaben das Lernen in der Schule allzu leicht fiel, und meinte, daß Mühe die Voraussetzung für eine gute Bildung sei und leicht erzielte Erfolge nur geringen Wert hätten.

In diesen Dingen bestand eine alte Meinungsverschiedenheit zwischen Vater und Mutter. Sie verfügte über mehr Phantasie, nahm das Leben leichter und begnügte sich mit dem, was angenehm und mühelos zu erreichen war. Das geringste Opfer mied sie wie Feuer.

»Ich bin für die Freude und das Vergnügen geschaffen«, pflegte sie ganz offen zu sagen.

Das konnte Vater niemals verstehen. Denn er teilte das Leben in Arbeit und Erholung ein, so wie es die Heilige Schrift lehrte. Zwar war er nie ein religiöser Mensch gewesen, ging nicht zur Kirche und erledigte seine Sachen mit Gott äußerst diskret, falls es überhaupt etwas zu klären gab. Doch in seinen Adern floß das Blut uralter Bauerngeschlechter, und deshalb war er ein konservativer Mensch geblieben. Arbeit achtete er und empfand sogar Demut vor ihr, dagegen war für ihn Unterhaltung, die keine konkreten Ergebnisse brachte, unsinnig und sogar schädlich. Niemals ging er ins Kino, zu einem Theaterbesuch raffte er sich so langsam auf, so zögernd und mit so vielen Vorbehalten, daß er wohl schließlich niemals dort angelangt war! Selbst in der Freizeit lernte er weiter, las Bücher, aus denen er neues Wissen schöpfen konnte, lernte fremde Sprachen oder aber machte lange, ermüdende Spaziergänge, um sich seine Gesundheit zu erhalten.

Die Eltern liebten sich sehr, vielleicht gerade deshalb, weil sie so unterschiedlich waren und einander im Grunde so völlig fremd...

Mutter war nicht sehr gebildet, aber gewandt, mit guten Umgangsformen, selbstsicher dank ihrer Schönheit und der Stellung ihres Mannes. Sie verstand es, in jeder Gesellschaft zu glänzen. Nur ihr allein konnte Vater das verzeihen! Andere Menschen, die ihr ähnlich waren, verachtete er, denn sie reizten ihn mit ihrem oberflächlichen Verstand, ihrem leeren Geschwätz und ihrem leichten Leben. Mutter liebte er über alles, und so war er wohl sogar zufrieden, daß sie mit ihrem Charme und ihren guten Umgangsformen die Aufmerksamkeit jeder Gesellschaft auf sich zog. Aber seine Ansichten über die Frauen waren das Ergebnis äußerst bescheidener und begrenzter Beobachtungen, denn außer seiner eigenen Frau begegnete er Frauen nur sehr selten und flüchtig. Er war also überzeugt, daß die Frauen nicht klug, sondern leichtsinnig und oberflächlich seien, daß man sich nicht auf sie verlassen könne, ihnen vertrauen oder gar hoffen, daß sie je vernünftig würden. Auch in dieser Beziehung war er bäuerlich und konservativ. Aber er gab damit auch ein Stückchen seines tiefsten Geheimnisses preis. Es bestand darin, daß er die Frauen fürchtete wegen seiner Schüchternheit und aus Mangel an Erfahrung. Der Knabe fühlte das, denn er war ein ganzes Zeitalter reifer als sein Vater! Eben deshalb dachte er immer häufiger mit Zärtlichkeit an ihn. Er begriff, daß das Leben seinen Vater stiefmütterlich behandelt hatte, es hatte ihm niemals jene unruhige Erwartung geschenkt, die der Knabe jetzt fühlte, wenn er in die Mondnacht draußen vor dem Fenster blickte, auf die silbrigen Wipfel der Pappeln und Buchen, ganz der Zukunft zugeneigt.

Durchgesiebtes Sonnenlicht drang in die Tiefe. Gelblicher Schein herrschte ringsherum. Vor diesem Hintergrund bogen sich die Schatten der ins Wasser getauchten Gräser. Auf dem Grund glitzerten rötliche Steine und leere Muscheln. Das Seewasser war kühl, er spürte auf der Haut die Kälte wie feine Nadelstiche. Als er auftauchte, umfing ihn sommerliche Hitze. Die Sonne stand hoch am wolkenlosen Himmel. Der Wind strich über die grüne Wand am Ufer. Er stieg aus dem Wasser und schüttelte sich wie ein Hund. Das Mädchen saß auf einem Stein, die Füße hatte sie in den warmen Uferschlamm gesteckt. Sie trug ein dünnes, enganliegendes Kleid.

»Du schwimmst gut. Aber warum spritzt du so?«

»Komm ins Wasser, hab keine Angst...«

»Keine Lust«, antwortete sie.

Er setzte sich neben sie auf den Stein. Die Sonne wärmte ihm Nacken und Rücken. Er spürte, wie die Haut trocknete und es war ihm wohl. Mit den Fingerspitzen berührte er den Ärmel des Mädchens.

»Was ist das?«

»Ein Kleid.«

»Weiß ich. Aus welchem Stoff?«

»Vielleicht aus Baumwolle«, antwortete sie.

»Warum vielleicht? Weißt du das nicht?«

»Nein. Ich mache mir nichts aus Kleidern.«

»Ich weiß, warum du nicht baden willst. Du hast keine Sachen...«

»Dummkopf«, sagte sie unwillig, »ich könnte auch nackt baden, wenn ich wollte.«

Trotz der Hitze spürte er, daß seine Wangen heiß wurden. Ungläubig sah er das Mädchen an.

»Könntest du? Sag die Wahrheit!«

Sie zuckte mit den Schultern und lächelte.

»Das hier ist ein Dorf«, sagte sie, »ein Kaff, mit Brettern vernagelt. Du kannst um den ganzen See gehen und triffst höchstens auf einen Hasen, ein paar Ameisenhaufen, manchmal eine Kuh. Verstehst du?«

»Verstehe, wie auf einer menschenleeren Insel.«

»Eben.«

»Warum…« er brach plötzlich ab, aufgeschreckt vom Übermaß der Gedanken, die ihn befielen.

»Was meinst du?« fragte das Mädchen.

»Ach, nichts.«

Er blickte ins Wasser und sah darin die Schatten der Ufergräser, er sah auch zwei große Flecken, dunkel und ohne silbrige Lichtschuppen. Das waren ihre Schatten, sein eigener und der des Mädchens.

›Wie auf einer menschenleeren Insel‹, dachte er. ›Warum wie auf einer Insel? Wie kommt es, daß man auf so einer Insel nackt sein könnte, und dort, wo es andere Menschen gibt, scheint die Nacktheit schamlos und böse. Der Mensch weiß doch alles über seinen Körper. Jeder kennt seinen Bauch, seine Brust und die Schenkel. Warum schämen sich die Leute, wenn doch alle einander ähnlich sind und sich also gegenseitig kennen? Adam und Eva waren nackt im Paradies und empfanden keine Scham. Erst als sie der Sünde schuldig geworden waren, weil sie die Frucht vom Baum der Erkenntnis gepflückt hatten, überkam sie eine plötzliche Scham beim Anblick ihrer Nacktheit.‹

Schatten tanzten auf dem Wasser, das Mädchen lächelte ein wenig spöttisch, aber auch etwas kokett. Er sah ihre weißen Zähne zwischen den leicht geöffneten Lippen.

›Hm‹, sagte er zu sich selbst, ›war es denn wirklich so? War das die Sünde, die Gott gemeint hatte? Adam und Eva waren ungehorsam. Um Ungehorsam zu zeigen, muß man wählen.

Wenn sie gewählt haben, sich also entschieden haben – sind sie dadurch zu Menschen geworden. Trifft denn ein Hund eine Wahl? Oder ein Gras? Wenn ja, dann geschieht es aber, ohne daß das Bewußtsein daran teilhätte.‹

»Lieber Gott«, sagte der Junge plötzlich, denn Angst schnürte ihm die Kehle zu, und er sah den See nicht mehr, vergaß Monika und sogar den blauen Himmel über sich, er sah nur noch einen unendlichen Abgrund des Geheimnisses, auf dessen Grund irgendwo unsagbar fern ein Lichtfunke blinkte. ›Lieber Gott, wenn sie damals gewählt haben, so bedeutet das, daß du ihnen ganz einfach befohlen hast, Menschen zu werden… Erst da haben sie begriffen, daß sie sind, daß sie leben, einen Körper haben und eine Seele. Da entdeckten sie zum ersten Mal, daß Adam Adam ist und Eva Eva. Und sie sahen, daß sie einander nicht gleich waren. Wessen schämten sie sich damals? Ihrer selbst? Das kann nicht sein. Sie waren auf einer menschenleeren Insel. Das Paradies war sogar mehr als eine menschenleere Insel. Auf der ganzen Welt gab es nur die beiden, Adam und Eva. Und doch schämten sie sich. Wessen?‹

»Monika«, sagte der Knabe leise.

Sie sah ihn an. Ihre Augen waren voll Licht.

»Wessen schämten sich Adam und Eva im Paradies?« fragte der Knabe.

Sie runzelte die Augenbrauen.

»Was hast du für Einfälle?«

»Was meinst du? Das ist wichtig. Wessen schämten sie sich? Ihrer selbst?«

Sie schwieg einen Augenblick. Ihr Gesichtsausdruck

änderte sich. Auf der Stirn erschien ein Schatten besorgter Nachdenklichkeit.

»Ich habe noch nie darüber nachgedacht«, sagte sie, »aber wahrscheinlich doch.«

»Ja? – Ihrer selbst haben sie sich geschämt?« fragte der Knabe gedankenverloren, »so lange waren sie also nackt, völlig unbefangen, und plötzlich begannen sie sich zu schämen ...«

»Sie hatte den Apfel gepflückt«, sagte das Mädchen. »Die Schlange hat sie verführt.«

»Die Schlange zählt nicht«, sagte der Knabe. »Die zählt nicht. Die Frau war ihrer Überredungskunst erlegen. Sie hatte die freie Wahl. Sie konnte fortgehen von diesem Baum.«

»Und was wäre dann gewesen?« fragte Monika. Sie sahen sich gespannt in die Augen.

»Eben«, sagte der Knabe, »aber sie ist ja nicht fortgegangen. Sie pflückte den Apfel und ließ Adam davon essen. Dadurch haben sie beide gewählt.«

»Verstehe ich nicht, was haben sie gewählt? Den Apfel?«

»Ach, Monika!« rief er, »du bist ... eine richtige Frau.«
Sie lachte fröhlich.

»Gut. Aber warum?«

»Du interessierst dich nur für die Einzelheiten. Mir geht es um mehr ...«

»Worum denn?«

Er wußte keine Antwort. Mit diesem Apfel hat sie ihn verwirrt. Sie hat ihm alles durcheinandergebracht, beinahe im letzten Augenblick. ›Eine Frau‹, dachte er, ›ein Weib, eine Frau, ein Weib.‹

Er fühlte seltsame Traurigkeit. Ganz still saß er da und schaute auf das Wasser. Irgend etwas war ihm entglitten. Er wußte, daß es sehr wichtig gewesen war, vielleicht sogar wichtiger als die Nacktheit und die Scham, die ihn zum Nachdenken gebracht hatten. Noch einmal wiederholte er in Gedanken die seltsame Frage. ›Wessen schämten sie sich?‹

Sie traten in einen schattigen Tunnel zwischen den Erlen. Es war schwül, ein Gewitter zog auf. Am Nachmittag hatten dunkle Wolken den Himmel verhängt. Ein heißer Wind blies durch den Wald und bog die Wipfel der Bäume. Monika ging voraus, der Knabe hinter ihr. Er pflückte ein Erlenblatt, steckte es zwischen die Zähne und biß darauf. Im Munde spürte er einen bitteren Geschmack.

»Die Blätter sind bitter«, sagte er.

»Iß sie nicht. Du bist keine Ziege«, antwortete sie.

»Ich esse sie nicht. Habe nur gekostet. Ich habe noch nie ein Blatt zerbissen.«

In den Baumkronen rauschte der Wind. Der Knabe sah in die Höhe und erblickte die umgebogenen Äste. Sein Blick glitt am Erlenstamm hinunter auf den Weg. Gras, Kräuter, Brennesseln, im Dickicht rosa Blüten. Und auf dem Sand die Spuren ihrer Füße.

Sie war barfuß. Ihre Füße waren klein, schlank und braungebrannt. Die Spuren waren flach, sie zeichneten sich nur schwach im Sand ab, sie war sehr leicht. Er betrachtete ihre Spuren, dann die wohlgeformten Füße, die sich gleichmäßig bewegten. Er sah ihre Waden, etwas höher zeichneten sich die Schenkel ab unter dem enganliegenden Kleid. Der Wind schlug gegen die Baumwipfel, rauschend floß er an den Ästen entlang.

»Schneller«, rief Monika, »es gibt ein Gewitter.«

»Na und?« sagte er.

Seine Stimme klang beinahe ärgerlich. Sie blieb stehen.

Wandte sich um. Sie sahen sich in die Augen. Wieder ging sie vorneweg. Jetzt waren die Spuren ihrer Füße etwas tiefer. Sie hatte ihren Schritt beschleunigt. Sie lief.

»Monika!« rief der Knabe.

»Es gibt Gewitter!« Und sie rannte vorwärts.

Er jagte hinterher. Ihre flinken Waden sah er vor sich, die rosafarbene Haut ihrer Fußsohlen, über den Schenkeln bildete das Kleid Falten. Er spürte sein Herz klopfen. Der Wind peitschte sein Gesicht. Es schoß ihm durch den Kopf, sie sei erschrocken. Er wollte rufen, fragen, wovor sie sich fürchte – da begann sie laut zu lachen.

Aus dem Erlenhain waren sie auf eine offene Weite gelangt. Vor ihnen lagen im rostigen Sonnenlicht, das durch die Wolken drang, die Gebäude des Gutshofes, die weißen Säulen des Aufgangs, die graue Steinmauer um den Rasen, die geschwärzten Wände der Scheunen, gelb und blau die Bienenhäuser im Obstgarten.

Oben auf der Freitreppe stand Pilecki, er hielt die Hand über die Augen und sah in ihre Richtung.

Im Salon war es plötzlich dunkel geworden. Das war beinahe in einem einzigen Augenblick geschehen. Der ganze Raum versank in einem düsteren Brei, der durch die Fenster hineinsickerte. Der Tag war entschwunden, sogar die rostfarbenen Sonnenstrahlen hatte der erste Anbruch des Platzregens fortgewischt.

Der Knabe stand wie verzaubert mitten im Raum. Niemals zuvor hatte er eine so leidenschaftliche, elementare Natur erlebt. In der Stadt geschieht alles viel sanfter, als würde die Natur an der Stadtgrenze anhalten, aufgeschreckt und beschämt. Zwischen den Mauern der Häuser, im Licht der Laternen, unter den undurchlässigen Dächern, in der geordneten Wirklichkeit der unbeweglichen Möbel, der unempfindlichen Glühbirnen, der starken Abwasserpumpen und der Dachrinnen in eisernen Klammern scheinen Wind und Regen gezähmt. Der Regen klopft auf die Dächer und an die Fensterscheiben, der Wind peitscht hier und da die Äste der wenigen Bäume, schäumendes Wasser fließt in gebändigten Strömen in die Abwasserkanäle – und die Menschen betrachten in ihren trockenen Wohnungen dieses Schauspiel wie aus einer Loge im Theater.

Hier war es ganz anders. Die Dunkelheit war so plötzlich hereingebrochen, als hätte jemand der Welt einen undurchdringlichen Mantel übergeworfen. Der Himmel wurde für einen Augenblick schmutziggrau, wie mit Sahne ausgekleidet, dann erlosch er im eintönigen Dunkelblau. Der Regenguß platzte auf die Erde. Es gab keine ersten Tropfen, die immer größer werden und dichter fallen. Aus den Wolken ergossen sich auf einen Schlag Wasserströme, angeschwollene, wütende Flüsse. Das war eine Regenwand, aber ohne jene silbrige Anmut und Weichheit, die der Knabe von den Gewittern in Warschau kannte. Die Regenströme hatten die ganze Landschaft verwaschen, man konnte die Säulen der Freitreppe nicht mehr erkennen und auch nicht die Baumstämme und die niedrige Mauer um den Rasen. Das alles begleitete ein durchdringender Lärm, als würde jemand mit einem Dreschflegel auf das Dach und an die Wände schlagen. Pilecki konnte nicht mehr rechtzeitig die Tür zur Freitreppe schließen, schäumendes Wasser spritzte sofort in den Raum und benäßte die Möbel. Der Wind jagte über das Haus, einmal und noch einmal, wie zur Warnung, dann schlug er mit wilder Kraft an die Fenster. Einen abgebrochenen Buchenast wälzte er über die Freitreppe, warf ihn gegen die Hauswand und riß ihn dann in die Höhe. Glas klirrte – ein Fenster im Obergeschoß war geplatzt wie eine Seifenblase. Die Freitreppe hinab floß ein wilder Bach, er trug umgeworfene Korbstühle mit sich, einen Tisch, Weidenkörbchen und Blumentöpfe. Die Pappeln an der Parkallee, sonst schlank und hochaufgerichtet, bogen sich zu monströsen Buckeln, irgend etwas knarrte in ihren Stämmen und quietschte, es war der einzige trockene Laut in dieser Orgie nasser Explosionen, in diesem Klopfen und Schlagen, Peitschen, Klatschen und Pfeifen.

Für einen Augenblick wurde der Wind still und sammelte neue Kräfte, dann stürzte er sich wieder auf das Haus, schlug mit Wasserströmen gegen die Fensterscheiben, das Dach, die Wände. In der Luft über der Erde begann die einheitliche Regenfläche zu kreisen, zerfiel in Hunderte klatschender Peitschen, mit denen der Wind das zusammengekauerte Gutshaus belegte.

Pilecki zündete sich eine Zigarette an, der kleine Streichholzblitz erhellte den Raum und fand in der Dunkelheit Monikas Gesicht. Sie stand im Inneren des Salons, den Ellenbogen auf einen Sekretär gestützt, und schaute auf den Knaben. In der schwülen, dichten Luft des Raumes trafen sich für einen Moment ihre Blicke, dann flohen sie wie versengt auseinander…

Pilecki löschte das Streichholz, jetzt sah man das Ende seiner Zigarette, das im Zickzack in die Höhe schnellte zu seinen Lippen und dort unbeweglich stehenblieb. Pilecki sagte sehr leise: »Monika, ich habe es nicht gerne, wenn du so lange wegbleibst.«

Der Knabe erstarrte. Er wartete auf ihre Stimme, hörte aber nur einen kleinen Seufzer, sonst nichts. Dann sprach wieder Pilecki: »Wo warst du?«

»Am See.«

Ihre Stimme kam aus der Ferne, wie vom anderen Ufer eines Flusses.

»Ja«, sagte Pilecki ohne Grund. Das glimmende Ende seiner Zigarette zuckte und lief geradewegs nach unten. Dort tänzelte es einen Augenblick, um sogleich wieder in einem sanften Bogen zu den Lippen aufzusteigen.

Außerhalb des Hauses lärmte die Welt, ungestüme Wasserströme rissen Schwärme betäubter Insekten mit sich, ganze Millionen von Kräutern, Gräsern und Blumen, die auf der Erde wucherten. Rasende Winde rissen Blätter von den Bäumen, brachen ihre Äste, gruben aus dem Erdreich die Wurzeln junger Eichen, Erlen und Akazien. Der See blähte sich mit weißen Mähnen, schmutziger Schaum trug zermalmte Stengel aus der schlammigen Tiefe ans Ufer.

Ein Donner krachte, und gleichzeitig war der ganze Salon in grelles, feuriges Licht getaucht. Der Blitz hatte in die alte Weißbuche eingeschlagen, eine weißbläuliche Lichtspur glitt von der Spitze am Stamm entlang zur Erde.

Irgend jemand rief im Haus.

Und wieder erhellte ein Blitz, etwas weiter entfernt, die dunkle, fast unsichtbare Wand der alten Bäume im Park. Der Donner wälzte sich über den Rasen, stieß an das Dach des Gutshauses, daß die Möbel im Raum erzitterten. Wieder hörte man einen fernen Schrei, feucht und flach, als käme er aus der Tiefe.

Das kleine Feuer der Zigarette war kraftlos hinabgesunken, blieb unbeweglich, erlosch langsam. Pilecki sagte: »Ich wünsche es nicht.«

»Ich verstehe nicht«, antwortete ihm das Mädchen aus der Entfernung.

»Du wirst es später verstehen«, entgegnete Pilecki, irgendwie schwach und ohne Überzeugung.

»Schwül ist es hier«, meinte der Knabe.

»Das stimmt«, bestätigte Pilecki.

Ganz plötzlich in der Dunkelheit und dem Lärm der Welt blitzte es gelblich. Der Schein näherte sich dem Salon, er kam aus dem Inneren des Hauses, gemächlich bewegte er sich über den Fußboden und die Wände. In der Tür zum Eßraum erschien Fräulein Cecilie mit einer Lampe in der Hand.

»Was für ein wunderschöner Regen«, zwitscherte sie mit ihrer Vogelstimme. »So einen hatten wir schon lange nicht mehr. Es schlägt ganz in der Nähe ein!«

Sie redete so, wie erfahrene Soldaten über Artilleriebeschuß sprechen.

»Über die Weißbuchen ist es gezogen«, sagte Pilecki besorgt. »Immer bekommen die etwas ab. Wohl deshalb, weil mir an ihnen am meisten liegt.«

»Du bist komisch«, sagte die alte Dame, »der Blitz richtet sich nicht nach dem Verkaufswert der Bäume.«

»Ach, laß mich in Frieden!« sagte Pilecki.

In diesem Augenblick war wieder ein Blitz in den Raum gedrungen, hinter ihm der Lärm des Donners. Die Scheiben klirrten, der Lampenschein in Fräulein Cecilies Händen flackerte und schoß gelb in die Höhe.

»Das war auf dem Feld«, sagte die alte Dame. Pilecki nickte, dann wandte er sich an sie: »Monika war am See. Ganze drei Stunden.«

»Drei Stunden«, wiederholte Fräulein Cecilie, »am See ... Schön ist es dort, nicht wahr? Ich bin schon lange nicht mehr so weit gewesen. Aber ich werde spazierengehen, ja, das werde ich ... Ich brauche mehr Bewegung.«

Wieder wurde es im Raum hell, und dumpfes Grollen wälzte sich über das Haus.

»Es zieht nach Niemirow«, sagte Monika. »Sicher wird es dort einen Brand geben.«

»Vielleicht«, brummte Pilecki. »Wie spät ist es?«

Er ging zu der Uhr, die in der Ecke des Salons stand. Er hob den Kopf und betrachtete in der Dunkelheit die Zeiger.

»Schon vier«, sagte er, »bald ist Kaffeezeit.«

In der Ferne verstummte das Gewitter. Der Regen fiel jetzt träge, er hatte seine Heftigkeit eingebüßt. Einzelne Tropfen klopften an die Scheiben. In der Rinne über dem Eingang rauschte das Wasser. Graue Bäche flossen über den Hof, an der Raseneinfassung entlang. Es wurde etwas heller, der Himmel war wieder sichtbar, graubraun wie dicker Morast. Die eine Ecke der Scheune bleckte ihre nackten Dachbalken, einen Teil der Strohdecke hatte der Wind fortgefegt. Auf der anderen Seite des Hofes trieb im reißenden Wasserstrom eine junge Akazie. Ein dicker Kragen abgerissener Blätter schwamm auf dem Wasser und umspülte planschend Mauern und Stufen. Der Wind bog immer noch die Baumkronen und flatterte wild in den Ästen, aber er hatte keine Kraft mehr, um sie zu brechen. Schwere Schritte näherten sich auf der Treppe. Pilecki sagte leise, mühselig die Worte verbindend:

»Cilli, haben Sie gehört? Monika war am See, drei Stunden. Was sagen Sie dazu?«

»Ja, eben«, antwortete die alte Dame, »ich sage dazu, daß Monika ein sehr gutes Kind ist!«

Major Kurtz kam in den Salon. Er trug eine kurze Leinenhose und ein leichtes Hemd. Im Schein der Lampe glänzte sein Gesicht. Es war so feucht, als wäre er eben von draußen aus dem Regen gekommen.

»Es ist schrecklich schwül, könnte man das Fenster öffnen?« fragte Kurtz.

»Der Regen wird uns wegspülen«, meinte Pilecki.

»Sie haben recht«, gab der Major zurück. Ein Schweißtropfen lief ihm von der Stirn am Nasenansatz entlang zu den Lippen. Er setzte sich schwer auf das Sofa in der Nähe der Uhr.

»Verzeihen Sie bitte«, murmelte er mit einem Blick auf die alte Dame. »Ich fühle mich sehr schlecht.«

Ganz plötzlich hörte es auf zu regnen, nur noch vereinzelte Tropfen klatschten an die Scheiben, man vernahm das Rauschen der eiligen Bächlein. Der Wind wurde jetzt sanfter, die Wipfel der Pappeln streckten sich allmählich. Pilecki ging mit energischen Schritten zum Fenster und lockerte die Haken. Er stieß die Flügel auseinander, in den Salon stürzte herbe Frische. Kurtz erhob sich, ging zur Tür, öffnete sie weit und trat hinaus. Er atmete aus voller Brust. Auf seinem Nacken trocknete ein kleines Rinnsal.

»Es ist wunderschön«, rief der Major.

Pilecki kehrte in die Mitte des Raumes zurück.

»Cecilie, machen Sie bitte die Lampe aus. Sie ist nicht mehr nötig«, sagte er. Die alte Dame drehte gehorsam den Docht herunter, blies die Flamme aus. Pilecki redete mit leiser, erregter Stimme auf sie ein. Sie hob den Blick und sah ihn an wie ein kranker Vogel, traurig, resigniert, aber auch unwillig.

Der Knabe hörte Pileckis Stimme: »Bitte, Cecilie, verstehen Sie das doch!«

Dann die Stimme der alten Dame: »Ja, und was bedeutet das, mein Lieber?«

Major Kurtz lief die Treppe hinunter bis zur Auffahrt, sprang über die schäumenden Bächlein. Sein Lachen klang wie Gewieher.

Nach dem Gewitter wollte er mit Monika spazierengehen. Aber das Mädchen war verschwunden. Er suchte sie in dem leer gewordenen Haus, vergeblich. Er kletterte die Treppe hinauf zur Mansarde, wo jetzt Pilecki wohnte, klopfte an die Tür. Es war niemand da. Er kehrte nach unten zurück, setzte sich im Salon auf ein Sofa und wartete.

In der Nähe hörte er Schritte, Teller klapperten, ein Tischtuch raschelte. Mania, das Dienstmädchen aus Warschau, deckte zusammen mit der Köchin den Tisch zum Nachmittagskaffee.

Sonne fiel in den Raum, wie frisch gewaschen nach dem heftigen Regen. Alles auf der Welt blitzte vor Sauberkeit. Auf den Ästen der Akazien und Fliederbüsche glänzten silberne Tropfen. Die Luft war frisch, die Hitze nicht mehr so drückend; irgendwo bellte ein Hund, Eisen klopfte auf Eisen, hinter den Scheunen dengelte ein Knecht die Sensen.

Er ging noch einmal hinauf, schaute in alle Räume und stellte verwundert fest, daß er ganz allein geblieben war. Alle waren verschwunden. Im Zimmer seiner Eltern roch es nach Kölnisch Wasser, auf der Kommode unter dem Spiegel lagen Puderstäubchen, der Schrank war offen, und auf dem Fensterbrett stand ein halb geleertes Milchglas. Der unangenehme Gedanke kam ihm, daß seine Eltern den Raum ziemlich eilig verlassen hatten.

Langsam kehrte er in den Salon zurück, ging hinaus, setzte sich in einen feuchten Korbsessel und schloß die Augen. Ein Gefühl unbeschreiblicher Einsamkeit überfiel ihn. Plötzlich begriff er, daß er für sich allein war, getrennt von allem anderen wie nie zuvor, daß um ihn herum alles fremd war und nicht mehr zu ihm gehörte.

Er öffnete die Augen und sah auf den dampfenden Hof, auf den Rasen, von Unkraut überwuchert, und auf das Tor am Parkende. Dahinter zog sich der Weg ins Dorf. Er sah

Bäume, den Himmel, den Faun auf seinem bemoosten Podest. Ein Hund lief hinter die Scheune. Das alles war getrennt von ihm. Er fühlte, daß zwischen ihm und der Welt eine Barriere entstanden war, schwer zu überwinden, die ihn einengte und in der Einsamkeit festhielt. Ein flüchtiger Gedanke befiel ihn. Die Vorahnung, daß hier die Antwort auf die quälende Frage lag, wessen sich plötzlich die ersten Menschen im Paradies geschämt hatten. Es gelang ihm aber nicht, diesen Gedanken festzuhalten. Dumpfe Traurigkeit umspann ihn. »Ich bin allein«, sagte er. »Das ist es also? Ich bin getrennt von allen anderen, einsam, auf meine Art einmalig, anders als alle anderen . . . Ja, das ist es!«

Auf seine Hand setzte sich ein Marienkäfer. Wieder schloß er die Augen. Seine Phantasie begann zu arbeiten. Aber nicht so wie sonst, wenn die Ereignisse, die Umrisse der Gestalten mit betäubender Geschwindigkeit wechselten, wenn er riesige Entfernungen überwand, den Nordpol verließ, um im nächsten Augenblick in Indien zu sein, oder vom Schlachtfeld an Deck eines Seglers überwechselte. Jetzt kamen die Bilder nur sehr langsam, es bedurfte einiger Anstrengung, um das folgende Bild seines Films zu verdrängen. Es waren auch keine bunten Bilder wie früher. Er ging allein über einen steinigen Weg, ohne Bäume, Pflanzen und Tiere. Über ihm das Himmelszelt, an dem keine Sonne stand. Unter seinen Füßen graue, runde Felsen oder Steine, die kein Geräusch von sich gaben, wenn er sie anstieß. Er hörte das sanfte Rauschen des Windes, wußte aber, daß es der Wind seiner wirklichen Umgebung war, der über Rasen und Freitreppe wehte. Dort, wo er sich jetzt befand, gab es keinen Wind, keine Wolken und nichts, was man für ein Zeugnis des Lebens halten konnte.

Er fühlte sich auf diesem Weg sehr müde und aller Hoffnung beraubt, aber er fürchtete sich nicht, war eher gleichgültig. »Wohin gehe ich?« fragte er sich selbst. »Wohin führt mich dieser Weg?«

Am grauen Horizont, vor dem Hintergrund unförmiger Wolken, erblickte er die Umrisse einer Gestalt. Er kam ihr näher, oder besser, sie kam auf ihn zu, denn obwohl er sich bewegte, blieb er doch völlig unbeweglich. Er erkannte Christus am Kreuz. Dieser Christus hatte die Augen weit geöffnet wie noch nie einer zuvor. Durchdringend sahen sie einander an. Es dauerte ziemlich lange, dann schlossen sich die Lider des Gekreuzigten. Sein Körper, an das Kreuz gespannt, fiel kraftlos zusammen und erstarrte. ›Jetzt ist er gestorben‹, dachte der Knabe.

Er empfand weder Entsetzen noch Schmerz, sein Atem war ruhig. Aus dem Haus hörte er wieder Schritte, nackte Füße patschten auf den Boden, Teller klapperten.

»Lieber Gott«, sagte er zu Christus am Kreuz, »warum mußt du sterben? Ist es deshalb, um mir ein Beispiel zu geben und mich zum Einverständnis zu bewegen mit dem, was auch mich noch erwartet?«

Wieder ging er den steinigen Weg entlang, und wieder rollten die angestoßenen Steine geräuschlos unter seinen Füßen weg. Er war allein, Christus verschwunden im Grau des Horizonts. Sein Herz krampfte sich schmerzhaft zusammen. ›Wie schade‹ dachte er, ›wie schade...‹ Er hatte Lust zu weinen.

Irgend jemand berührte seine Schulter, er wandte den Kopf. Vor dem grauen Hintergrund des Himmels stand seine Mutter. Ihre Hand wanderte zu seinem Haar und strich darüber. Er wußte, daß sie ihn liebkoste, aber er konnte ihre Hand nicht spüren. Das Gesicht seiner Mutter war gut, schön, aber verschwommen. Sie sagte etwas, er sah, wie sich ihre Lippen bewegten, hörte aber die Worte nicht. Es war quälend.

Wieder stand er allein auf dem Weg zwischen den Steinen. Über seinem Kopf hing der graue Himmel. Das Gesicht des Vaters kam immer näher, dann das Gesicht seiner Großmutter, und schließlich seine Lehrer und Schulkameraden. Dinge von seltsamer Gestalt kamen auf ihn zu, er erkannte sie nur mit einiger Mühe. Es waren längst vergessene Spielsachen, Bleisoldaten, Bälle, Pfeil und Bogen, Schiffe und Revolver und auch seine Kinderanzüge, Bücher, Hefte, Bleistifte, ein Stück Schnur, mit dem er gespielt hatte, Blechknöpfe und Knetgummi, Rechner mit bunten Perlen, Teddybären, das Pony Elisa und der Tisch im Parkcafé, an dem er mit seiner Großmutter gesessen hatte, Postkarten von ihrer Kredenz, ihre Stickereien und das Porzellan. Das Bild seiner Tante Magdalena im roten Kleid und mit breitem Hut, der Pater Präfekt, sein bärtiger Polnischlehrer und dieses alte, stark nachgedunkelte Bild mit dem Boot auf stürmischer See. Das alles wälzte sich geräuschlos am grauen Horizont, den der Andrang von Menschen, Gegenständen, verwischten Konturen und unsinnigen Vorahnungen verdeckte. Allmählich verschwand alles, die Umrisse verwischten sich, als würde starker Regen jedes Bild, kaum daß es Gestalt angenommen hatte, wieder verwaschen.

Er war allein, doch jetzt war Dunkelheit vor ihm statt des grauen steinigen Weges. Durch die Dunkelheit drang unter seine Lider ein Sonnenstrahl. Er öffnete die Augen, bewegte sich. Der Marienkäfer flog von seiner Hand. Im Eßzimmer klatschten wieder nackte Füße auf das Parkett.

Es schien ihm, als wäre alles ein Traum gewesen, der nur eine Sekunde gedauert hat. Er blickte um sich. Er sah den

Rasen, den Park, die Scheunen, den Weg und den Hund. Der Hammer klopfte auf die Sense. Er stand auf und ging in den Salon, dann den Flur entlang zur Treppe hinauf in das Obergeschoß. In seinem Zimmer legte er sich auf das Bett wie damals vor Jahren in die Koje der Kajüte des Ausflugsdampfers. ›Ich bin also‹, dachte er, ›ganz einfach, ich bin!‹ Und er beschloß, noch am gleichen Tag Monika auf den Mund zu küssen.

Ein milder Abend brach heran, längliche Schatten legten sich auf die Erde, der Himmel hatte seinen roten Glanz bewahrt. Im Park hörte man jetzt die Grillen, die Vögel waren verstummt. Die Luft war kühl, auf der glatten Oberfläche des Sees glitten Lichtreflexe.

Nach dem Abendessen brach die Gesellschaft zu einem Spaziergang auf. Sogar Fräulein Cecilie hatte beschlossen, sich ein wenig an der Luft zu ergehen trotz der Warnungen ihrer Schwester. Alle gingen mit, in einer kleinen Gruppe um den Rasen herum, dann durch den Park bis zum Tor. Vorneweg ging Vater mit dem Major, zwischen ihnen Mutter, der beide Herren den Arm gereicht hatten. Nur wenige Schritte hinter ihnen trippelte Fräulein Cecilie, gestützt von Pilecki, dann der Knabe mit Monika. Der Verwalter Malinowski war mit ihnen um den Rasen herumgegangen, hatte sich dann aber sehr bald von der Gesellschaft entfernt und verschwand im Schatten der Scheunen.

Der Spaziergang verlief aber nicht ganz so harmonisch, wie es den Anschein haben konnte. Fräulein Cecilie, das immer begierig nach Gesprächspartnern Ausschau hielt, zog Pilecki mit sich, um die drei ganz vorn einzuholen. Er aber gab dem Drängen der alten Dame nur unwillig nach und blieb stets etwas zurück.

»So komm doch«, brummte die Tante. »Du gehst aber wirklich langsam!«

»Wozu diese Eile?« wiederholte Pilecki einige Male.

Er war stärker und hielt sie am Arm fest, so daß Fräulein Cecilie, wenn sie sich zu befreien suchte, aussah wie ein Eichhörnchen in der Schlinge. Am Tor stand die Ordonnanz des Majors und rauchte. Der Soldat warf die Zigarette auf den Boden, trat sie aus, nahm Haltung an und schlug die Hacken zusammen.

»Wie geht es, Piotrowski?« fragte der Major.

»Danke, Herr Major, angenehme Luft«, antwortete der Soldat.

Die Gesellschaft war an dem Soldaten vorbei auf den Weg hinausgegangen, der zum Dorf führte. Der Knabe wandte sich um und sah noch einmal auf den Soldaten. Aus dem Augenwinkel bemerkte er den Schatten einer zweiten Gestalt zwischen den Bäumen. Er lachte.

»Warum lachst du?« fragte Monika.

»Unsere Mania geht auch spazieren«, murmelte er.

»Gut so!« meinte Monika.

»Bitte? Wovon sprecht ihr?« fragte Pilecki. Trotz der Proteste von Tante Cecilie blieb er stehen.

»Nichts Besonderes«, sagte Monika.

»So gehe ich nicht gerne spazieren«, krähte Tante Cecilie, »das ist doch schließlich keine Beerdigung...«

Sie befreite ihren Arm und ging. Pilecki eilte ihr nach. Sein Gesicht war böse.

»Monika«, flüsterte der Knabe, »was will er von dir?«

»Unsinn«, antwortete sie, »er ist mein Onkel.«

Ein Schauer überrann ihn, denn er spürte ihre zarte Berührung an seinem Arm. Sie hatte ihn mit den Fingerspitzen gestreift und dann die Hand gleich wieder weggezogen.

Sie sahen sich in die Augen.

›Warum ist es nur so hell?‹ dachte er. Er war wütend auf die Sonne, die viel zu langsam und unwillig unterging. Um ihn herum erschien ihm plötzlich alles sehr deutlich, als wären die Umrisse der Gegenstände scharf nachgezeichnet. Pilecki hatte sich ein wenig entfernt, seine grüne Jacke löste sich in dem Hintergrund aus Bäumen und Sträuchern auf.

»Was machst du nach dem Abitur?« fragte der Junge, seine Stimme klang hölzern.

»Das weiß ich nicht«, antwortete sie, »ich habe noch viel Zeit, um darüber nachzudenken.«

»Ich werde Jura studieren«, sagte er und war selbst von dem Gedanken überrascht, der ihm zum ersten Mal gekommen war. Er dachte weiter – warum eigentlich Jura? Wie kam ich auf diese verrückte Idee? Dann versöhnte er sich mit dem Jurastudium. Er sah sich im Talar hinter einem hohen Tisch, über dem ein weißer Adler hing, das Wahrzeichen Polens. Er dachte, daß es gar nicht so schlecht wäre ...

»Ich habe Jura gewählt«, sagte er mit zufriedener Stimme. »Das ist eine schwere und verantwortungsvolle Arbeit.«

»Du wirst so etwas wie Woznicki«, sagte Monika.

»Wer ist das?«

»Der Anwalt aus Niemirow. Er erledigt irgend etwas für Onkel Pilecki. Manchmal kommt er zu uns, dann sitzen sie beide im Salon oder auf der Veranda und schreien ...«

»Streiten sie?« fragte der Junge.

»Nein, Woznicki ist schwerhörig.«

»Ein Jurist, das ist nicht nur ein Rechtsanwalt. Ich könnte auch Richter werden oder Prokurator.«

»Ach, laß das.«

Sie brach einen Akazienzweig und zupfte die Blätter.

»Versuchst du zu raten?« fragte er.

Sie sah ihm in die Augen und lächelte.

»Das ist nicht wichtig«, sagte sie, »die Zukunft interessiert mich nicht.«

Pilecki ging wieder langsamer, Tante Cecilie fuhr ihn an. Er zündete sich eine Zigarette an, wandte sich um und sah dem Jungen ins Gesicht.

»Nun, Krzyś! Wie gefällt es dir bei mir?«

Er hatte ihn zum ersten Mal direkt angesprochen. Seine Stimme klang seltsam laut, sein Blick war durchdringend.

»Großartig«, antwortete der Knabe. »Das sind richtige Ferien.«

»Einöde«, sagte Pilecki, »Wälder, Wasser. Und einfache Menschen. Das ist es, was zählt. Ein wunderschönes Gewitter hatten wir, nicht wahr?«

»Ja, so etwas habe ich noch nie gesehen.«

»Das war noch gar nichts«, unterbrach ihn Pilecki, »ich erinnere mich an ein Gewitter, das hat ein paar hundert Bäume am See zerbrochen. Wann kann das gewesen sein, wie meinen Sie, Cecilie?«

Fräulein Cecilie hob den Blick, betrachtete Pilecki eine Weile, dann sagte sie langsam: »Das ist schon lange her, viele Jahre...«

Er nickte, zog den Rauch seiner Zigarette ein, blies den Rauch dem Knaben mitten in das Gesicht. Alle vier standen zusammen im rosigen Schein der untergehenden Sonne. Es roch nach frischgemähtem Gras und einem herannahenden Unheil.

»Morgen«, sagte Pilecki, »fahre ich nach Niemirow. Du kommst mit, Monika!«

»Gut«, antwortete sie.

»Du hast von Woznicki erzählt, nicht wahr? Zu ihm muß

ich eben fahren. Er hat dich gern. Und Frau Woznicki hat dich auch gern. Wir bleiben bei ihnen zu Mittag.«

Monika nickte. Der Knabe spürte, wie das Blut in seinen Schläfen hämmerte. Pilecki stieß wieder den Rauch aus. Mutter, Vater und der Major waren hinter der Biegung verschwunden.

»Es wird kühl«, sagte Tante Cecilie, »man wird umkehren müssen...«

»Ja«, meinte Pilecki, »Cecilie wird sich verkühlen. Bitte, begleite unser Tantchen nach Hause...«

»Das ist nicht nötig«, wehrte die alte Dame ab.

»Doch, unbedingt«, sagte Pilecki.

Monika reichte Fräulein Cecilie den Arm. Sie gingen zum Parktor.

»Wollen wir noch ein Stückchen gehen?« fragte Pilecki.

Der Knabe nickte. Sie gingen. Die Grillen zirpten traurig. Über den Wipfeln der Bäume hörte man Flügel schlagen, ein dunkler Habicht schoß in die Höhe. Der Vogel flog eilig zum Horizont, dann drehte er einen Kreis und blieb wie unbeweglich über dem Kleefeld stehen mit ausgebreiteten Flügeln. Sie hoben die Köpfe und sahen dem Habicht zu.

»Er hat etwas erspäht«, sagte Pilecki.

»Was denn?«

»Vielleicht einen Hasen.«

Der Habicht gab auf. Langsam zog er in die Dunkelheit, zu den Wäldern am See.

»Schön ist es hier, nicht wahr«, sagte Pilecki, »eine große, leere Welt. Für dich ist das etwas Neues. In Warschau leben viele Menschen, das Leben brodelt... Hier ist es anders.«

»Ich mag keine Menschenmassen«, sagte der Knabe. »Hier gefällt es mir gut.«

Pilecki warf seine Zigarette auf den Boden und trat sie mit dem Absatz aus, genau so wie die Ordonnanz. Plötzlich seufzte er tief und wischte mit der Hand über das Gesicht, als wollte er Schweiß abtrocknen.

»Sehr schade, daß es Krieg gibt«, brummte er.

»Es wird wohl keinen Krieg geben, Herr Hauptmann«, sagte der Knabe.

»Doch, es wird ihn geben, bestimmt. Dann gehen wir kämpfen. Du auch! Wie alt bist du eigentlich?«

»Ich bin fünfzehn geworden.«

»Du bist schon ein richtiger Mann. Weißt du, daß ich drei Jahre die Schützengräben nicht verlassen habe?«

»Ich habe es gehört. Vater hat es erzählt.«

»Ja. Und nun wird es einen neuen Krieg geben.«

Das sagte er irgendwie seltsam, wehmütig zwar, aber nicht besonders traurig und ohne Unruhe. Als würden ihn die Rückkehr in die Schützengräben und der Abschied von diesem Dorf gar nicht schmerzen. Er sagte herb: »Bald werden wir in diesen neuen Krieg ziehen. Und wir werden verlieren!«

»Warum sollen wir verlieren?« protestierte der Knabe.

»Weil wir schwächer sind. Und der Schwächere verliert immer, auch wenn er noch so sehr gewinnen möchte, er verliert immer.«

Sie kamen an die Biegung und sahen in der immer dichter werdenden Dunkelheit die drei Gestalten.

»Die Deutschen haben Panzer und Artillerie. Sie besitzen Flugzeuge. In Spanien haben sie Städte bombardiert, Dörfer und Felder. Wir werden den Krieg verlieren.«

»Sagen Sie das nicht so, Herr Hauptmann«, meinte der Knabe, »das weiß man noch nicht...«

»Es kommt darauf an. Die einen wissen es, die anderen

nicht«, sagte Pilecki herb. »Ich zum Beispiel weiß es viel zu gut.«

»Woher?«

Pilecki tippte sich mit dem Zeigefinger auf die Stirn. »Ich denke eben, das ist ganz einfach.«

Sie gingen langsam und spürten unter ihren Füßen die Erde, weich und feucht nach dem Gewitterregen.

»Hast du viele Schulkameraden?« fragte Pilecki.

Der Knabe zögerte, nicht, weil er die Frage ganz genau beantworten wollte. Pileckis Stimme hatte ihn überrascht, ein neuer Ton schwang darin, scharf und beunruhigend.

»Wir sind dreiundzwanzig Jungen in der Klasse. Aber das hat nicht viel zu sagen.«

»Verstehe«, brummte Pilecki. »Ich hatte in der Schule nur einen richtigen Freund. Er lebt nicht mehr. An die übrigen Schüler kann ich mich kaum noch erinnern.«

Er blieb wieder stehen und holte aus der Jackentasche eine Schachtel Zigaretten. »Rauchst du?« fragte er.

»Nein«, log der Knabe.

»Glaub' ich dir nicht. Ich habe in deinem Alter geraucht, natürlich nur heimlich.«

»Ja, eben.«

»Du kannst rauchen, ich erzähle es deinem Vater nicht.«

»Darum geht es nicht, vor meinem Vater habe ich keine Angst.«

»Also?«

Pilecki reichte ihm die offene Schachtel.

»Nein, danke. Vielleicht ein anderes Mal.«

»Wie du willst«, sagte Pilecki und steckte sich eine Zigarette an.

Im Schein der Streichholzflamme sah der Knabe sein zerfurchtes Gesicht und die fast geschlossenen Lider. Es war ein böses Gesicht, vom Laster gezeichnet. Pilecki warf das Streichholz ins Gras.

»Und die Mädchen?« fragte er weiter.

»Ich verstehe Sie nicht.«

»Du verstehst mich sehr gut. Du bist fast erwachsen. Wie steht es bei dir damit?«

»Herr Hauptmann«, murmelte der Knabe verlegen.

»Schon gut, schon gut«, sagte Pilecki mit böser Stimme. »Lassen wir das.«

Unerwartet rief er laut in die Dunkelheit, wo sich drei ferne Schatten bewegten. »Severin, es ist Zeit umzukehren. Es wird Nacht!«

»Richtig«, antwortete mein Vater. »Wir kehren gleich um!«

Wortlos wandte sich Pilecki ab und ging auf den Park zu. Sie schritten schweigend nebeneinander. Den Knaben befiel Angst, die sich mit Ärger vermischte. ›Was kann er von mir wollen?‹ dachte er beunruhigt. Als sie zur Allee im Park kamen, sagte Pilecki: »Ich freue mich, daß ihr zu mir gekommen seid. Die alten Damen sind lebhaft geworden und ich auch.«

Der Knabe wollte nun wohlerzogen und gesprächig erscheinen, in der Hoffnung, der ungute Eindruck des Spazierganges würde verblassen. Er meinte: »Ja, hier ist es wunderschön. Und das Gutshaus ist so alt, sicher wurde es vor mehr als hundert Jahren erbaut.«

»Vor mehr als hundert«, bestätigte Pilecki.

»Das Haus hat sicher ein Vorfahre des Herrn Hauptmann erbaut?«

»Was weiß ich. Irgend jemand hat es gebaut, ein anderer hat es verschleudert, und schließlich wird es jemand gänzlich ruinieren.«

In einem Fenster sah man Licht. ›Sie hat eine Lampe angezündet‹, dachte der Knabe, ›damit ich den Weg nicht verfehle.‹ Doch als sie das Haus betraten, bemerkte er, daß die Lampe im Salon stand. In ihrem gelben Schein legte Fräulein Cecilie Patiencen.

Wut überkam ihn, als er schon im Bett lag. Er hatte Lust, die Wand mit den Fingernägeln zu zerreißen. Das Mädchen war entkommen, die ganze Welt gegen ihn. Er spürte, wie sein Rücken schwitzte. Zorn würgte ihn, steckte ihm wie ein Knebel zwischen den Zähnen. Doch dann empfand er Erleichterung. ›Es ist Nacht geworden‹, dachte er, ›und in wenigen Stunden beginnt wieder ein neuer Tag. Morgen, morgen wird alles in Erfüllung gehen, was ich wünsche . . .‹
Er drehte sich zur Wand und schloß die Augen. Er hatte sich abgefunden. Zum ersten Mal in seinem Leben hatte er sich mit etwas abgefunden, das wunderte ihn. Bisher hatte er den Geschmack des geduldigen Wartens noch nicht kennengelernt. Das, was jetzt in ihm geschah, war ihm unbekannt und fremd. Und doch begriff er, daß er weiterhin er selbst bleiben würde und daß er sich allein die Entdeckung dieses neuen Gefühles verdankte. Er fühlte Ruhe und fragte sich selbst, warum er so ruhig sei. ›Ich habe doch verloren‹, dachte er, ›alles hat mich enttäuscht. Sie auch! Ganz demütig war sie bereit umzukehren und ließ mich mit Pilecki allein, ohne ein einziges Wort, sogar ohne einen Blick. Warum bin ich denn ruhig? Ich bin ruhig, denn nichts geht heute zu Ende‹, gab er sich selbst so gewissenhaft die Antwort, daß es ihn wieder verwunderte. ›Morgen im Laufe des Tages werde ich sie küssen! Das ist beschlossene Sache. Wenn ich morgen früh aufstehe, wird Monika nicht da sein. Ich werde sie nicht sehen. Ich werde den ganzen Tag aushal-

ten, bis sie aus Niemirow zurückkommt. Am Abend wird sich das erfüllen, was ich beschlossen habe.‹

Er kam zu der Überzeugung, daß eine Nacht und ein Tag nichts zu bedeuten haben. ›Der Tag wird mir sehr lange vorkommen‹, dachte er. Und gleich, wie zum Trost, fragte er sich: ›Kommen mir nicht immer die Tage sehr lang vor?‹ Die Stunden in der Schulbank kriechen wie Würmer, der Weg nach Hause dauert unendlich, das Mittagessen in der Gesellschaft seiner Eltern im sonnigen Eßzimmer am Tisch mit dem Damasttuch schmilzt träge in der Zeit zwischen den Viertelstundenschlägen der Uhr, beim Klappern der Teller und der Bestecke in der schweigenden Langeweile des Essens.

Dann kommen die Nachmittagsstunden, im Frühling grünlich, im Herbst gelb, im Winter grau. Die Stunden der Stille, in denen Teppichstäubchen in den Sonnenstrahlen tanzen, die Sonnenstrahlen über die Hefte gleiten und verirrte Fliegen im Tintenfaß ertrinken. Diese Stunden sind wie erkaltende Lava oder wie Knetgummi auseinandergezogen zu einem ganz dünnen Faden.

Das alles ist wie ein Morast, den man nicht umgehen kann, man muß ihn Schritt für Schritt durchqueren, gelangweilt, müde und resigniert, ohne Hoffnung auf eine Änderung. Wenn dann schließlich die abendliche Dämmerung hereinbricht, gerinnt die erkaltende Lava zu einem Ritual.

Die Zeit des Abendessens nähert sich, wieder im Eßzimmer, das im Frühling noch die Sonne erhellt, hinter den Dächern zusammengekauert, im Winter aber wird es von dem großen Lampenschirm erleuchtet. Abendbrot. Also wieder die leisen Schritte des Dienstmädchens um den Tisch, Mutters Konfitüre auf einem Kristallteller, ihr starker Tee und die Krümel ihres Brötchens, Vaters Schnittchen, Eierschalen, Obstmesser, Äpfel, Zigarettenrauch, das Murmeln der Stimmen, platte, abgenutzte Worte, manchmal die Klingel des Telefons im Inneren der Wohnung, eine Grimasse in Vaters Gesicht. Er erhebt sich schwerfällig, geht durch das Zimmer, schließt die Tür hinter sich. Mutters Blick begleitet ihn, darin spiegeln sich Neugier und ein Vorwurf. Das Abendessen ist also eine Fortsetzung dieser schlammigen Tiefe, in die die Zeit den Knaben eintaucht, sobald er aus der Schule zurückgekehrt ist. Dann bekommt das abendliche Ritual eine andere Form. Etwas Unabänderliches und Unumgängliches liegt darin, wie in den letzten Augenblicken vor der Hinrichtung. Das Badezimmer, leises Wasserplätschern, Zahnbürste, das rauhe Handtuch, die glatte Seife, Pfefferminzduft, der sich mit leichtem Gasgeruch vermengt, warmes Wasser auf der Haut und schließlich das kühle Bett und die Dunkelheit.

Bis zu diesem Augenblick bewegte er sich im Bewußtsein des ständigen Zwanges, von Geboten gefesselt, die vielleicht nicht deshalb hart waren, weil man sie böse gemeint hätte; sie waren nur sehr eindeutig und monoton. Erst wenn das Licht ausging und er die Augen schloß, erwachte in ihm eine lebendige, bewegliche Welt, immer neu, immer anders und überraschend.

Fast den ganzen Tag, vom Erwachen bis zu der letzten Viertelstunde vor dem Einschlafen, spürte er die Zeit mit den Poren seiner Haut, mit dem Gehör und dem Geruchssinn. Diese Zeit hatte ihre Härte in der Schule und die Weichheit zu Hause, schrille Klänge in den Schulstunden auch in der Stille, wenn die Jungen über ihre Hefte gebeugt saßen und man nur die Federn quietschen hörte. Selbst dann war die Zeit rauschend und laut, erfüllt von dem Stöhnen der Straßenbahn, dem Klappern der Pferdehufe, den Rufen der Kinder, die in den Anlagen spielten, dem Raunen der vorbeieilenden Menge und dem Rascheln des Windes vor dem Fenster. Das war eine laute Zeit, zänkisch und aufgebläht wie eine Marktfrau. Und sie roch auch auf ihre Weise nach einer Mischung aus Wachs und Kreide, nach Stoff, Menschen und stickigen Räumen.

Die Zeit zu Hause dagegen war weich. Die Stunden glitten durch die Räume, betasteten die Kristallgläser, das Porzellan in den Schränken, pochten sanft an die Platte des Küchenherdes, murmelten in den Wasserrohren, manchmal berührten sie das Telefon und ließen seine verzweifelte Stimme erklingen, gedämpft durch Teppiche und Bücher. Diese Zeit hatte ebenfalls ihren Geruch, den eines gepflegten, verfeinerten Daseins. Ein ganzer Strauß dieser Düfte steckte in den vergoldeten Vasen des Nachmittags, der Duft von Creme und Parfum und einer guten Zigarre, von frischem Gebäck und Obst, von Bücherstaub und gestärkten Bezügen auf den Polstern im Salon und auch noch von etwas unbeschreiblich Zartem, das über allem lag, aber ungenannt blieb.

Alles, sowohl in der Schule als auch zu Hause, auf den Straßen und zwischen den Schulbüchern, in die er sich vertiefte, war dauerhaft und unveränderlich. Die Welt blieb unbeweglich, und darum konnte er sie erforschen. Aber er entdeckte nichts, was seine Aufmerksamkeit verdient hätte. Kannte er seine Bank in der Klasse nicht schon auswendig, den vollgestopften Lehrmittelschrank im Biologieraum und die glänzende Karte, die man im Geographieunterricht auf den Ständer hängte? Vertraut war ihm der leicht rauchige Geschmack des Kaffees, den man in der großen Pause in Blechtassen austeilte. Er wußte, was ihn auf dem Schulhof, im Turnsaal und im Physiklabor erwartete. Kannte er nicht schon auswendig jene siebenunddreißig Marmorstufen, die in den ersten Stock des Hauses führten, jenes Podest auf halber Treppe, wo vor dem spitzen Fensterbogen Fortuna mit ihrem Horn schlummerte? Und auch die große, honigfarbene Tür, die zur Wohnung führte? Wenn er an die Tür kam und auf die Klingel drückte, war er ganz sicher, daß er gleich die Schritte des Dienstmädchens hören würde, das Lärmen des Schlosses, ein leichtes Quietschen.

Er würde im düsteren Vorzimmer stehen zwischen Bügeln und Schirmständern, Korbsesseln und Stichen des alten Warschau. Dem stumpfen Blick des Dienstmädchens würde er begegnen, das dann wie immer aufgeschreckt ruft: »O Jesus, du bist schon zurück!« und in die Küche läuft, um mit den Töpfen zu klappern, immer gleichermaßen erstaunt, daß die Zeit, die sich für ihn so unendlich lang dahinzog, so rasch verging und all ihre Pläne zunichte machte. Dann stampft er mit müden Schritten wie ein alter Mann den Korridor entlang nach rechts in ein kleines Vorzimmer, wo er in der Rumpelkammer seine unverwüstlichen Spielsachen erblickt, die aus dem Kinderzimmer verbannt worden waren. Er geht in sein Zimmer, setzt sich an das Fenster und schaut auf die Kastanien, die Wolken am Himmel, auf ein Pferd und eine Droschke und wartet darauf, daß man ihn zum Essen ruft.

Kannte er sie nicht auswendig, diese Welt, deren Teil er war und die ein Teil von ihm war? War er nicht schon seit langem verwundert, daß sich aus diesem Zusammenhang nichts, aber auch gar nichts ergibt? Das war das einzige, worüber er staunte in diesen bereits erkannten langweiligen Tagen, Stunden und Minuten, die er verzweifelt antrieb, damit sie schneller vergingen. Aber sie waren widerspenstig, schleppten sich trübselig von dem Augenblick an, wenn ihn das Dienstmädchen weckte, immer ein bißchen verschämt und immer mit den gleichen Worten: »Steh auf, Krzyś, es ist gleich sieben« ... über das Frühstück in der Küche, an dem Tisch, der mit Wachstuch bedeckt war, im Lärm seiner Schritte auf den siebenunddreißig Stufen, im Staub des Morgens, im Schaukeln des Autobusses, der vor dem Rathaus einen Halbkreis zog, im Sonnenschein, beim ersten Klingelzeichen, in den Stunden zwischen den kreideverschmutzten Fingern, den Seiten der Hefte und Bücher, auf dem grünen Linoleum der Flure, dann über den Rasen, über die Straße, auf der an kalten Tagen Pferdeäpfel dampften, durch das Gartentor, den Weg mit Sand bestreut, um den Springbrunnen herum und wieder durch das Tor, weiter über den Gehsteig zu einem Hof, wo mitten in der Stadt zwischen ansehnlichen Mietshäusern Hühner herumliefen und ein Hund an der Kette bellte, dann wieder auf den Gehsteig, durch ein düsteres Tor zu den siebenunddreißig Marmortreppen, zu der honigfarbenen Tür, den Flur entlang, an dem Gerümpel vorbei zum Fenster in seinem Zimmer, zu den Kastanien, den Wolken, der Droschke, zu dem Mittagessen mit dem Damasttuch, der Suppenterrine, den Tellern, dem Braten, Mutter, Vater, der Zigarre, der Uhr, Staub, dem Telephon, Stimmen, platte, abgenutzte Worte ohne Eigenschaften. Zu den Heften und den Schulbüchern, der Fliege im Tintenfaß, dem Rascheln der Feder, der geduckten Sonne hinter den Dächern, dem Dienstmädchen, weichgekochten Eiern, Messern, Abendessen, Mutter, Zigarre, Uhr, Vater, Telephon, Pfefferminz. Das Gras rauscht, nackte Füße auf dem Parkett, der Badeofen mit Stahlgurt, auf Bärentatzen, das Dienstmädchen, sein Bettuch, wieder Telephon, Vater, das Löschen der Lampe, Dunkelheit, seine Augenlider. Noch einmal Telephon, seine Mutter, ein Pferd auf der Straße, und dann gleich alles zu Ende, nur noch einen Augenblick, ich liebe dich, Herrgott, ich liebe dich, Mama, ich liebe dich, Papa, ich liebe dich, Berta, ich liebe dich, Großmama, ich liebe dich, Krzyś, endlich die Südseeinseln, Palmen, eine leichte Brise, ein Farbiger, der Kongo, die Hawaii-Inseln, General Nobile in seinem Zeppelin im Eis der Antarktis, ein Angriff der Indianer, die Brust einer Frau, ihre Lippen, es ist heiß, überall ist es heiß, das ist Sünde. Jesus Christus, erbarme dich. Schlaf, alles zu Ende, bis morgen!

Er lag unbeweglich, spürte die Halme im Strohsack, das Leinen seines Bettuches und die Wand, die er mit der Schulter berührte. Der Mond stand mitten im Raum, weit hinter dem See rief ein wilder Pfau.

›Eine Nacht und ein Tag‹, dachte der Knabe, ›das zählt nicht! Bis Mittag werde ich schwimmen und danach in der Sonne trocknen. Ich werde geduldig warten. Zu Mittag werde ich auf der Veranda essen, und beim Dessert sage ich laut, daß ich im Wald spazierengehen möchte. Vater schweigt dann, Mutter nickt mit dem Kopf, der Major sagt irgendeine Albernheit, und die alten Damen werden lächeln. Ich werde bis zu den Bäumen gehen, und wenn ich aus ihrem Blickfeld bin, gehe ich den Weg nach Niemirow. Ich werde die Kutsche treffen, werde mich auf das Bänkchen gegenüber Monika setzen. Mit meinem Knie werde ich ihr Knie berühren.‹ So dachte er, aber auch das Gegenteil malte er sich aus. Daß er nicht schwimmen und nicht in der Sonne trocknen wird, daß er kein Mittagsmahl einnimmt und den beiden nicht auf dem Weg nach Niemirow entgegengehen wird, sich nicht in der Kutsche auf das Bänkchen setzt, um Monikas Knie zu berühren. Das alles wird er nicht tun, weil er Angst bekommt. Er wird erschrecken unter den Blicken seiner Mutter, des Vaters, des Majors, der alten Damen und vor allem Pileckis. Er kam zu der Überzeugung, daß die Erwachsenen seine Pläne kennen und alles tun werden, um sie zu verhindern.

›Ich bin allein‹, dachte er bitter, ›und sogar sie ist gegen mich.‹

Wenn sie abends aus Niemirow zurückkehrt, wird sie meinen Blick nicht treffen wollen. Beim Abendessen wird sie sich weit weg von mir setzen, um sofort nach beendeter Mahlzeit im Haus zu verschwinden, so wie heute nach dem Gewitter. Ich werde sie in den leeren Zimmern suchen, aber überall nur die Spuren ihrer Anwesenheit vorfinden, bedeckt mit Staub, Spinnengewebe und Verachtung. Er wollte einschlafen, um sich von den unangenehmen Gedanken zu befreien, doch es gelang ihm nicht, die Bilder seiner Niederlage zu verscheuchen. Er glaubte, wieder Enttäuschungen entgegenzugehen, die er erst vor kurzem erlebt hatte, als er zum ersten Mal eine Frau küßte.

Der Mond setzte sich auf den Bettrand, der Pfau jenseits vom See schwieg. Totenstille, draußen alles kühl und glatt.

Es war kein schönes Küssen.

An jenem Tag waren sie zum Schneider gefahren, genauer gesagt, sie mußten verschiedenes in der Stadt erledigen und schließlich auch zum Schneider fahren. Das Dienstmädchen Mania war erkältet und blieb im Bett. Die Eltern nahmen also das Zimmermädchen von Tante Magdalena mit, es hieß Justyna. Es war ein großes Mädel, ziemlich schlank, mit einem schmalen Gesicht und dunkler Haut und einem rosafarbenen Muttermal auf der Stirn. Man erzählte, sie sei als Kind bei einem Brand erst im letzten Augenblick gerettet worden. Zu Tante Magdalena hatte sie ein besonderes Verhältnis, sie war eher eine Vertraute ihrer Herrin, die ein ziemlich abenteuerliches Leben führte, was übrigens scharfe Kritik der Familie hervorrief. Justyna trug die eleganten Kleider von Tante Magdalena, ihre Schuhe und Hüte, sah also aus wie eine Dame. Mit viel Talent ahmte sie ihre Herrin nach, kopierte ihre Bewegungen und die Art zu schauen, sie schminkte sich und rauchte Zigaretten. Die Herren, welche Tante Magdalena mit Blumensträußen und Konfekt besuchten, behandelte sie mit einer gewissen Vertraulichkeit.

An jenem Tag, als sie zusammen in die Stadt fuhren, damit Mutter etwas Hilfe bei den Einkäufen habe, trug das Zimmermädchen eine Jacke, einen engen Rock und ein Hütchen mit einer kleinen Feder geschmückt. Es war ein Apriltag und über Mittag schon ziemlich warm. In der Droschke saßen die Eltern auf dem Polstersitz, Justyna und der Knabe auf dem Bänkchen. Justyna sagte, der Oberst habe zugenommen.

»Frau Doktor, unser Oberst hat entsetzlich zugenommen«, meinte sie plötzlich.

»Aber Fräulein Justyna!« flüsterte Mutter und wurde noch schweigsamer. Vater sah nach der Seite auf den Gehsteig, als wollte er überhaupt nichts hören und auch nichts bemerken. Er fühlte sich sicher ein wenig befangen in der Gegenwart dieser jungen Person, die sich so selbstsicher und ungeniert in einer Welt bewegte, für die Vater nur Verachtung empfand. Vater konnte Tante Magdalena nicht leiden, weil sie ein Leben führte, das so gar nicht zu seinen Vorstellungen paßte.

Der Oberst war einer der Freunde unserer Tante, ihr beharrlicher Verehrer, der schon viele Jahre die Hoffnung nicht aufgab. Er hatte also zugenommen und damit selbst seine Chancen begraben. Justyna lachte in der Droschke. Da sie an der Seite einen schlecht plombierten Zahn hatte, verzog sie beim Lachen ein wenig künstlich den Mund.

Lange fuhren sie durch die Stadt, es dämmerte schon, die Droschke schaukelte von einem Geschäft zum nächsten, schließlich fuhren sie zum Schneider.

Im blaugrauen Dunst ging die Sonne unter, als sie in eine verstopfte Straße hineinfuhren, in der vor allem Juden wohnten. Wagen, Fußgänger und fürchterlicher Lärm füllten diese Straße. Die Droschke fuhr vor ein altes Haus, der Kutscher sollte warten. Als die Fahrgäste im Eingang verschwunden waren, holte der Kutscher einen Sack Hafer hervor und gab ihn dem Pferd. Am Tor spielten Kinder, ein alter Jude saß auf einem Klappstuhl, zerbiß Sonnenblumenkerne und spuckte sie vor sich hin. Sie gingen in den ersten Stock, wo sich die Schneiderei befand. In der Tür erwartete sie der Inhaber mit einer tiefen Verbeugung. Es roch nach Öl, Zwiebeln und Feigen.

»Ich ahne«, sagte der Schneider, »daß Herr Doktor den Schnitt ändern wird.«

»Wir werden sehen«, sagte Vater.

Ein magerer, rothaariger Geselle reichte Mutter einen Stuhl, sie setzte sich und zog ihre Handschuhe aus. Sie verlangte nach den Modeheften. Der Schneider, er hieß Mittelmann, rief laut: »Herr Glas, Journale für Frau Doktor!«

Aus dem Inneren der Werkstatt kam Herr Glas, klein, dick und kahlköpfig, ohne Jackett, nur in einer Weste und mit einem Filzhut auf dem Kopf, einem Metermaß um den Hals und einem Nadelkissen auf der Brust. Er brachte die neuesten Hefte aus Wien und London. Mutter blätterte darin mit großer Geduld.

Vater fragte: »Was haben Sie Neues, Herr Mittelmann?«

»Alles«, antwortete Mittelmann, »alles ist neu, den Kopf verliere ich schon, so neu ist alles...«

Er führte meinen Vater zur Wand, zog einen blauen Vorhang auf, dahinter erschienen Fächer, gefüllt mit Stoffballen. Mutter sah auf.

»Wir denken an einen Sommeranzug«, sagte sie.

»Wer denkt heute anders?« meinte Mittelmann und wandte sich an Herrn Glas.

»Herr Glas, ich habe diesen Wollstoff für Bielitz im Kopf.«

»Der muß es sein«, sagte Glas.

Er holte die Leiter aus der Ecke, stellte sie an die Fächer, stieg hinauf und holte von oben einen blauen Stoffballen.

»Das ist ein Wollstoff für Sie, Herr Doktor«, sagte Mittelmann, »Cheviot aus Bielitz, mehr braucht man nicht zu sagen.«

»Das meine ich«, fügte Glas hinzu und blies die Lippen auf.

Mutter stand auf und ging zu dem langen Tisch, auf dem Mittelmann mit geübter Geste, etwas lässig, aber doch mit gespannter Sorgfalt den Ballen aufrollte. Glas nahm den Stoff in die Hand, drückte sie zu einer Faust zusammen, seine Lippen wurden schmal, die Augen zu Schlitzen, man sah, wie sich das Zwerchfell unter der Weste hob, denn er hatte seine ganze Kraft gebraucht, um den Stoff zu zerdrükken. Dann öffnete er die Hand und warf wie angeekelt den Stoff auf den Tisch, er sah meinen Vater an, blickte auf meine Mutter, dann zu Mittelmann hinüber und lächelte triumphierend.

»Nun, und?« fragte er. »Was sehen Sie, gnädige Frau?«
Mutter sagte: »Ja, aber er ist zu hell, Severin, nicht wahr?«
Vater nickte.

»Das ist zu hell, Herr Glas«, sagte Mittelmann, »das paßt so gar nicht zum hellen Haar des Herrn Doktor.«

»Wovon sprechen wir da?«, sagte Glas, warf den Ballen angewidert zur Seite und stieg wieder auf die Leiter.

Inzwischen war Justyna an das Fenster getreten, an dem der Knabe schon seit einiger Zeit aus der Höhe des ersten Stockwerkes den Verkehr unten auf der Straße betrachtete. Die Straßenbahn drängte sich durch die Menge der Fußgänger, ein Möbelwagen versuchte, in die Einfahrt nebenan zu kommen, Verkäufer standen vor den Geschäften.

»Komisch, was?« fragte leise Justyna.

Er nickte. Sie legte ihm ihre Hand auf die Schulter, beugte sich vor, um die Straße noch besser sehen zu können.

»Mein Gott, bist du aber stark«, sagte sie noch leiser. »Was du für Schultern hast.«

»Natürlich, was haben Sie denn gedacht?«

»Sag nicht Sie zu mir, sag Justyna.«

»Warum denn?« brummte er.

»Weil ich es so möchte.«

Im gleichen Augenblick sagte Glas im Inneren des Raumes: »Das ist nichts für Herrn Doktor, so wahr mir meine Gesundheit lieb ist.«

»Herr Glas«, sagte Mittelmann, »Ihre Gesundheit ist für mich wichtig.«

»Unsinn«, sagte meine Mutter, »was heißt das, leicht? – Natürlich soll er leicht sein.«

»Dann zeige ich der Frau Doktor einen echten Wollstoff, ganz leicht. Das da ist kein Wollstoff, das ist, wenn ich es so sagen darf, ein Lappen, ein einfacher Lappen!«

Der Junge lachte. Justyna flüsterte: »Wenn du lachst, hast du einen wunderschönen Mund.«

»Und wenn ich nicht lache?«

»Ist er auch wunderschön.«

Schwül wurde es im Raum. Hinter den Fenstern der Lärm, über den Dächern die untergehende Sonne, drinnen der Wollstoff, Glas, Mittelmann, die Eltern. Schwül war es, süße, klebrige Begierde erfüllte die Luft.

Vater meinte: »Wir werden wohl Maß nehmen müssen? Ich habe in der letzten Zeit etwas zugenommen.«

»Herr Glas, hören Sie?« rief Mittelmann.

»So etwas höre ich gar nicht«, antwortete Glas, »das ist ein Witz. Aber ich denke, ich werde Maß nehmen vom gnädigen Herrn Doktor.«

»No, dann bitte«, sagte Mittelmann und rieb sich die Hände, als wäre ihm plötzlich kalt geworden. Sie gingen in das zweite Zimmer, Mutter kehrte zu ihrem Stuhl und zu den Journalen zurück. Da rief Mittelmann voller Verzweiflung: »Ach, mein Kopf! Ich habe doch für die gnädige Frau Doktor etwas...«

Er brach ab und lud Mutter ein, mit ihm in den nächsten Raum zu kommen, wo das Stofflager war. Sie gingen hinaus. Im Atelier blieb der magere, rothaarige Geselle über das Bügelbrett gebeugt. Er legte ein nasses Tuch auf den Stoff, drückte das Bügeleisen darauf. Es zischte, Dampfwolken umgaben ihn.

Herr Glas rief dem Gesellen aus dem anderen Raum zu: »Benio, gib mir doch sogleich einen Bleistift!«

Der Geselle brummte etwas, stellte das Eisen weg und ging hinaus. Die Sonne dampfte über den Dächern, die Straßenbahn klingelte, die Verkäufer schrieen, das Pferd vor dem Möbelwagen ließ den Kopf hängen vor Anstrengung, zog aber weiter, irgend jemand sagte ganz deutlich: »Ist das ein Bleistift?« Der Knabe atmete tief, spürte auf seinen Lippen etwas Feuchtes, Warmes, Weiches. Ein lebendes Wesen drang in seinen Mund, er war schwach, entsetzlich schwach, und er glühte zugleich, sein Hals wurde steif, die Schenkel und die Arme, der Bauch und die Gelenke, alles schrie in ihm verzweifelt und freudig, er spürte Schmerz und Wonne, er schien zu sterben, doch er wußte genau, daß er nicht sterben würde, daß er erst jetzt zu leben beginnt, nach so vielen Jahren der Erwartung, der Unsicherheit, beginnt er zu leben! Nun ist er kein Gras mehr und kein Moos und auch kein Wasser. Er ist einmalig und für sich allein, von allen anderen Menschen getrennt, einsam und hart, sich selbst gehört er, und er ist einsam. Da ist der Mund, die Lippen, die Zunge, sie und er, beide vereint und trotzdem jeder für sich, sie gehört ihm und er gehört ihr, sie durchdringen einander, bilden eine Einheit und sind doch voneinander getrennt, sie und er! Die Sonne gleitet über die Dächer, die Straßenbahn läutet, die Verkäufer rufen, das Pferd zieht den Wagen, das Eisen zischt auf dem feuchten Tuch, Justynas Lippen entfernen sich, ihre Augen blicken schamlos und spöttisch. Justyna flüstert: »Süßer Schelm!«

Er neigt den Kopf, sucht ihre Lippen, doch sie entfernen sich mit einem schiefen Lächeln, die Zunge streicht darüber, sie sind feucht, glänzen und entblößen plötzlich den häßlichen Zahn, ein dunkler, rostiger Fleck, etwas Altes und Unsauberes, etwas ganz Fremdes.

»Du süßer Schelm«, wiederholt Justyna, aber ihre Stimme ist jetzt derb und heiser, sie ist nicht mehr anmutig, etwas Brutales geschieht vor dem Fenster und in dem Herzen des Knaben, das Pferd zieht den Möbelwagen auf die hohe Bordsteinkante, das Pferdegeschirr ist bis aufs äußerste gespannt, ein Verkäufer zieht einen Passanten am Ärmel, der Blick des Polizisten in dunkelblauer Uniform, im Schild der Polizeimütze spiegelt sich das Licht der untergehenden Sonne, die Straßenbahn bleibt stehen, Herr Glas wiederholt wütend: »Ist das ein Bleistift, du Meschuggener!« Ein Kind schreit, Wut überkommt den Knaben, er hätte Lust, Justyna ins Gesicht zu schlagen, aus ihrem Munde einen Schrei zu locken, er möchte sie auf den staubigen Fußboden werfen mit einer einzigen Bewegung zwischen die kopflosen Kleiderpuppen, die in geheftete Jakketts gekleidet sind, er möchte dieses Mädchen hinwerfen in den Schmutz, in den Staub, auf die herumliegenden Stecknadeln, Fäden, Stoffreste, ihre Knie und Schenkel entblößen, die Strümpfe mit Strumpfbändern und noch höher, tiefer, weiter...

Herr Glas kam herein, nahm den Bleistift von dem Ladentisch, lächelte entschuldigend und sagte: »So eine Kleinigkeit, ein Bleistift, no, bitte sehr.«

Er ging wieder aus dem Atelier. Der Knabe wischte sich den Schweiß von der Stirn. Langsam kühlte er ab. Justyna lächelte. Der Möbelwagen war im Tor verschwunden, der Polizist schwamm fort. In der Menschenmenge auf dem Gehsteig sah er aus wie eine Fregatte, mit hundert Kanonen bestückt, inmitten von Fischerbooten. Mutter trat ein. Sie sagte: »Das ist ein bißchen altmodisch, Herr Mittelmann.«

»Ich sage nicht nein, gnädige Frau. Aber ›altmodisch‹ hat einen eigenen Ausdruck.«

Alles kühlte sich ab. Morgen gehe ich zu Tante Magdalena, dachte der Knabe. Justyna dränge ich in das kleine Zimmer neben der Badestube. Die wird mich im Gedächtnis behalten!

Justyna sah aus dem Fenster und beleckte ihre Lippen.

Das ist widerlich, dachte der Knabe, wirklich ekelhaft. Ich dränge sie in das Zimmer und werfe sie aufs Bett, dann wird sie das Kleid ausziehen. Nein, erst wird sie sich ausziehen, dann legt sie sich hin. Und was mache ich, wenn sie nicht will? Ach nein, die ist so widerlich, die will ganz bestimmt.

Der Geselle drückte wieder das Bügeleisen auf das feuchte Tuch, und wieder umgaben ihn Dampfwolken. Vater kam in den Raum, hinter ihm Herr Glas. Dann gingen sie die Treppe hinunter, zum Tor, in die Droschke. Der alte Jude saß auf seinem Stühlchen und spuckte die Kerne vor sich hin. Kinder mit Rotznasen klammerten sich an die Räder. Sie fuhren. Die Eltern auf dem Polstersitz, der Knabe mit Justyna auf der Klappbank. Er spürte Justynas warme Schenkel. Wie aus Versehen legte er seine Hand auf ihr Bein über dem Knie und zog sie sofort wieder zurück. Sie zuckte nicht einmal. Mutter sagte: »Die Abende sind aber doch noch kalt.«

Vater meinte: »Ja, kühl...«

»Aber wunderschön«, sagte Justyna.

Der Knabe empfand Bitterkeit und Enttäuschung. Er hatte eine Frau geküßt. Na und? Die Welt hat sich nicht verändert. Er auch nicht.

Als er schon einschlief, rief wieder der wilde Pfau, weit weg, auf der anderen Seite des Sees. Der Mond trat aus dem Zimmer, klammerte sich an die Dachrinne, hing still und ratlos verfangen in dem wilden Wein.

Ich liebe dich, Mama. Ich liebe dich, Papa. Ich liebe dich, Berta. Ich liebe dich, Großmama. Ich liebe dich, Monika.

Das war sein letzter Gedanke.

Alles kam ganz anders, als er vorausgesehen hatte. Nicht

zum ersten Mal wurde er so überrascht. Vielleicht maß er deshalb seinen Plänen keinen besonderen Wert bei, er sorgte nicht für ihre Verwirklichung, allein das Spiel seiner Phantasie reizte ihn. Er wußte, daß das Schicksal dem Menschen gerne Streiche spielt, er unterwarf sich, ohne die frohe Grundstimmung einzubüßen.

Alles kam also ganz anders. Ein wolkiger Tag brach an. Der Himmel hing tief, beim Frühstück erhob sich ein leiser Wind, der brachte unangenehmen Sprühregen. Es nieselte bis zum Mittag, dann wurde es etwas heller, aber der Tag blieb kühl. Er ging darum nicht an den See. Zunächst saß er unentschlossen auf der Veranda und überlegte, was er tun sollte. Dabei hoffte er, daß es sich vielleicht schon in einer Viertelstunde wieder aufhellen würde. Dann gab er auf, nahm aus Pileckis Bibliothek ein paar Bücher und wanderte hinauf in sein Zimmer. Zunächst ging er an die Bücher mit etwas Skepsis heran, eigentlich nur, um die Zeit totzuschlagen. Doch bald waren seine Gedanken ins Netz gegangen. Flaubert hatte ihn gefangen.

›Das Haus grenzte mit seiner Backsteinfassade unmittelbar an die Straße oder, richtiger gesagt, Landstraße. Hinter der Tür hingen ein Kragenmantel, ein Zügel und eine schwarze Ledermütze, und in einer Ecke am Boden lag ein Paar Gamaschen, noch von angetrocknetem Straßenkot starrend.‹

Er sah das alles vor sich. Er stellte sich das Haus vor, diesen Flur, in dem es ganz sicher nach Leder und Pferdeschweiß roch, dann das Eßzimmer, wo die gelben Tapeten, oben mit einem blassen Blumenornament verziert, schlecht geklebt waren und von den Wänden abstanden. Er sah das alles. Es gab kein Nałęcz mehr, keinen See und keine Monika. Er trat in das Haus von Karl Bovary, das echteste Haus der Welt, denn es war auf dem harten, untrüglichen Fundament der Phantasie gebaut. Es gibt keine Feuersbrunst, keinen Sturm und keinen Krieg, die das Haus der Bovarys zerstören könnten, so wie niemals ein Mensch geboren wird, der die Macht besäße, das Zaumzeug aus dem Flur in die Kammer zu hängen oder endlich die Tapeten im Eßzimmer gerade anzukleben. Nichts kann geschehen in dieser geschlossenen und so gastfreundlichen Welt, in die jeder Wanderer eintritt, zu jeder Zeit und nach eigenem Wunsch, wo ihn niemand fragt, woher er kommt, wer er ist, was er wünscht und woran er glaubt. Und jeder, der eintreten wird, kommt mit seiner eigenen Vorstellung von den Gerüchen und Klängen, den Landschaften und der Erregung seines Herzens.

Der Knabe dachte plötzlich, daß es nicht nur einen einzigen Geruch der schwarzen Ledermütze gäbe, so wie es nicht für alle nur ein Zaumzeug gibt, das neben dem Mantel mit dem schmalen Kragen hängt. Jeder, der in diesen düsteren, kühlen Flur tritt, dachte der Knabe... Und plötzlich kam ihm eine Erleuchtung, daß auch diese Dunkelheit und Kühle allein ihm gehörten, denn ein anderer Mensch, der diesen Absatz liest, wird vielleicht meinen, der Flur sei stikkig und von der Sonne durchglüht, er wird möglicherweise in der Ecke ein altes Weinfaß bemerken oder eine Katze, die sich auf dem ungehobelten Holzboden streckt.

Hier war nichts zu Ende geführt, aber alles begonnen. Er mußte den Mantel, die Mütze und das Zaumzeug hinnehmen, aber er konnte das Bild vervollständigen mit einer Flasche oder einem Weinfaß, einer Katze oder einem Truthahn, Schatten oder Licht, Kühle oder stickiger Luft.

Das ist ein Dickicht, durch das jeder ganz allein hindurch muß, je nach Geschmack und Wissen, und vor allem je nachdem, wie lebhaft seine Phantasie arbeitet. Man kann die Marschrichtung nicht ändern, und das endgültige Ziel wird erst auf der letzten Buchseite bekannt. Doch was bedeutet das, gemessen an der großen Weite dieser Welt, die jeder nach eigenem Geschmack bevölkert und einrichtet, um darin zu wohnen und, wenn das Buch beendet ist, die ganze Welt mit sich zu nehmen, ohne auch nur ein Stäubchen von dem anzutasten, was geschaffen worden war, damit auch andere kommen können, darin wohnen und voll daraus schöpfen...

Unmerklich war er gefangen worden. Aber als er sich auf den Bettrand gesetzt hatte, da hoffte er, daß er gefangengenommen würde. Auf Zehenspitzen gingen die Viertelstunden vorüber. Als man ihn zum Mittagessen rief, ging er die Treppe hinunter, Emma Bovary am Arm. Sie speisten, mit den Blicken ineinander vertieft, es war ihnen nicht bewußt, welche Speisen aufgetragen wurden, Emma hatte Monikas Gesicht, war aber trotzdem die Frau von Karl Bovary, dem braven Arzt, der unfähig war, die Geheimnisse ihrer Seele zu begreifen. Beim Nachtisch erwachte er und wurde traurig. Süßspeise, Vater, Fräulein Cecilie – ach, das alles war so gewöhnlich! Als er wieder nach oben zurückkehren durfte, nahm er drei Stufen auf einmal! Mein Gott, was ist diesem Karl Bovary nur in den Kopf gestiegen, daß er sich entschloß, Hippolyts Fuß zu operieren! Karls Schicksal beunruhigte ihn, er empfand für ihn Mitgefühl. Er war aber schon genügend belesen, um zu wissen, daß das alles kein gutes Ende nehmen würde. Als er um Viertel nach sieben Uhr Monikas Stimme hörte, warf er sich einen Augenblick lang vor, er sei ein Verräter. Er hatte gar nicht bemerkt, wann sie zurückgekehrt war. Er schob das Buch unter sein Kopfkissen und nannte sich noch einmal einen Verräter. Dann ging er hinunter.

Als er sich umdrehte, sah er Pilecki vor dem Eingang. Breitbeinig stand er da und sprach mit dem Major, der auf einem Korbsessel saß.

Monika sagte: »So komm doch endlich...«

Sie traten in das Dickicht der Akazien. Es war kalt. Hinter den Scheunen im Zwinger bellten die Hunde. Der Knabe hörte nur sein eigenes Herz schlagen. ›Sie hat es also doch getan‹, dachte er, ›sie ist mir entgegengekommen. Es ist ihr gelungen, die anderen abzulenken. Sie hat sie beschwatzt. Sie haben nicht bemerkt, wie wir verschwunden sind. Warum kann ich das nicht? Ich bin ungeschickt, alles geschieht außerhalb von mir, ohne meinen Anteil. Und sie ist wunderbar, am großartigsten auf der ganzen Welt.‹

Sie befreiten sich aus dem Dickicht und kamen auf einen Steg, der zum See führte. Monika ging vor ihm. Sie trug ein Kleid, um die Schultern hatte sie ein Tuch geschlungen.

Im Gehen pflückte sie Erlenblätter. Er ging hinter ihr.

»Was hast du den ganzen Tag gemacht?« fragte sie.

»Ich habe gelesen.«

»Hast du gelernt?«

»Nein, ein Roman. Madame Bovary.«

»Worüber?«

Einen Augenblick dachte er nach.

»Über eine Frau und ihren unglücklichen Mann.«

»Und sie?« fragte Monika.

»Sie war auch unglücklich.«

Monika schüttelte den Kopf, als zeige sie Unwillen, sagte aber: »Solche Bücher habe ich gern. Über unglückliche Menschen.«

»Warum?«

Sie kamen zum See. Sanft umspülte das Wasser die glänzenden Steine.

»Weil das die Wahrheit ist«, sagte Monika, »die Menschen sind im Leben auch unglücklich.« Sie blieb stehen und sah den Knaben an.

»Weißt du, daß Frau Woznicka sehr krank ist? Sie ist mager geworden und bewegt sich nur mit Mühe. Ganze Tage liegt sie im Bett. Nur heute ist sie aufgestanden, weil sie uns sehr gern hat.«

Der Knabe bückte sich, hob einen Stein auf und warf ihn ins Wasser. Es gluckste, Kreise bildeten sich. Monika sagte: »Onkel Pilecki meint, sie wird bald sterben. Das ist doch furchtbar. Was wird dann Herr Woznicki machen?«

»Denke nicht daran«, sagte der Knabe. Er stellte sich Frau Woznicka vor, die er noch niemals gesehen hatte, wie sie im Sarg liegt, daneben ein gebeugter Mann in dunklem Anzug und Mantel. Noch einen Stein warf er ins Wasser. Er fühlte, wie ihm Monika entglitt, suchte nach Worten, die sie aufhalten konnten, aber er fand sie nicht.

»Ach, wie böse ist das alles, du hast davon keine Ahnung, du wohnst in Warschau, aber hier...«

»In Warschau sterben sie auch«, brummte er und dachte an das Begräbnis seines Onkels Franciszek. Eine Militärkapelle spielte, auf dem Messing der Trompeten glänzte die Sonne, majestätisch schob sich der Wagen durch die Straßen, die Passanten nahmen die Hüte ab.

»Das meine ich nicht«, sagte Monika. »Natürlich sterben sie alle. Aber dort ist alles anders. Bei uns sind die Menschen arm.«

»In Warschau auch«, sagte der Knabe. Er wurde wütend, hatte Lust zu schreien, einen Ast zu zerbrechen oder zu schlagen, egal was, zum Beispiel einen Baumstamm.

»Monika«, murmelte er und trat nahe an sie heran. Sie hob die Augen. Sah ihn an. Sie mußte die Schläge seines Herzens hören. Er fühlte Schweißtropfen auf seiner Stirn und Trockenheit im Mund. Er hob die Hand und legte sie auf die Schulter des Mädchens. Sie sah ihm weiter in die Augen. Auch er schaute sie an, aber er sah nur einen verwischten hellen Fleck, das war ihr Gesicht. Jetzt begehrte er sie gar nicht, vielleicht liebte er sie nicht einmal, er war nur einfach durchdrungen von dem Willen nach Erfüllung. Um jeden Preis, auch um den Preis seines Lebens, mußte er sie auf den Mund küssen, denn sonst würde er aufhören zu sein, würde vergehen, so wie der Tag ohne Sonne vergeht, ein Baum ohne Wurzeln, der Wind ohne Blätter.

»Monika«, wiederholte er ganz leise, aber er hörte es nicht mehr und verstand es auch nicht, denn er war ganz allein, und es fehlte ihm die Kraft, noch etwas anderes zu wissen, außer dem Wissen um diese Notwendigkeit. Seine Hand verkrampfte sich auf ihrer Schulter, das Tuch glitt langsam herab. Ihre Lippen kamen sich näher, jetzt fühlten sie ihren Atem, leicht und flach wie der Atem von Menschen, die sterben. Der zweite Arm des Knaben erhob sich, erstarrte für einen Augenblick, dann fiel er schwer auf den Rücken des Mädchens. Sie sagte etwas, was er nicht mehr hören konnte und nicht verstand. Er fühlte Wärme auf seinen Lippen, ein seltsamer Duft betäubte ihn, von Wasser und Gras, Blättern, Brot, Milch und Früchten, er drückte seine Lippen auf ihren Mund, vor ihm war Dunkelheit, von blitzenden Klingen durchstochen, die ihn verletzten. Riesige Mühlsteine bewegten sich in ihm und um ihn herum,

Sterne fielen vom Himmel, Flüsse bewegten sich, schlanke Baumstämme schossen in die Höhe, ungezählte Armeen unruhiger Ameisen rannten durch die Welt, Schatten legten sich auf zerklüftete Steine, auf die Gipfel, im Ozean schien die Sonne, ein Pferd lief im Galopp vorbei, hohe Gräser peitschten sein Hinterteil, Bienen und Krüge, Pflugschare, mit schwarzer, feuchter Erde bedeckt, er angelte einen riesigen Fisch, er angelte einen Fisch, so groß wie eine Kogge, die Schuppen brannten in lebendigen Flammen, wo ist die Welt, die Menschen, der gütige Herrgott in verschiedenen Gestalten, das Jesuskind unter den Tieren, Christus vergilbt am Kreuz, galoppierende Madonnen kamen vorbei, Engel und Teufel, er sah Tiere, er sah Menschen, er sah gar nichts außer der Dunkelheit mit blitzenden Klingen, Eis, Schwere, eine Zange, der Flügel eines toten Vogels, das sah er und er sah es nicht, es hatte sich erfüllt, er sah, es war geschehen, er sah, er zitterte vor unbeschreiblicher, ängstlicher Freude – da erwiderte sie seinen Kuß. Er öffnete die Augen, sah schräg ihre Wange, das geschlossene Auge, die Schläfe und eine Haarsträhne. Er spürte ihren Mund, unsagbar zart, er öffnete die Lippen, strich mit der Hand über ihren schmalen Rücken. Das Tuch fiel auf die Erde. Monika trat zurück.

Vielleicht sagte sie etwas, vielleicht sagte sie nichts. Er ging ihr nach. Wieder pflückte sie Blätter von den Erlen. Beide bewegten sich langsam, wie im Moor. Das Wasser plätscherte an den Ufersteinen. Überall Nebel, bläulich und durchsichtig. Bäume, der See. Der Junge berührte die Schulter des Mädchens, zog sie an sich, küßte sie noch einmal. Er fühlte ihre Brüste unter dem Kleid, legte seine Hand darauf.

»Nein«, sagte sie.

Er schlug das Tuch zurück, schob seine Hand unter den Stoff.

»Nein«, sagte Monika.

Er achtete nicht darauf, wilde Begierde überfiel ihn, er spürte unter seiner Hand warme, nackte Haut, die Eile nahm ihm den Atem.

»Nein«, sagte Monika.

Zorn erwachte in ihm, aber es war schon zu spät. Monika ging wieder vor ihm, der See plätscherte an die Ufersteine.

»Ich werde sie heiraten«, dachte der Junge. »Ich werde noch ein bißchen warten, und dann heirate ich sie.«

Alles war vorbei, und erst jetzt empfand er große Freude.

»Monika«, sagte er sanft. »Ich werde dich heiraten.«

Sie schwieg.

»Hörst du?!«

Sie sah ihn aufmerksam an.

»Ich habe Angst«, sagte sie, »Onkel sagt, es wird Krieg geben.«

»Ach, laß ihn reden«, sagte der Junge, aber es war ihm nicht ganz wohl dabei. Plötzlich fiel ihm ein, daß der Krieg ihn von Monika trennen würde. ›Das geht doch nicht‹, dachte er.

»Es gibt keinen Krieg«, sagte er, »und selbst wenn es einen gibt, wird er schnell zu Ende sein.«

Aber er glaubte nicht mehr daran. Noch einmal näherte er sich dem Mädchen, nahm sie in die Arme, und sie küßten sich, hilflos und traurig, zwei Kinder, zwei Menschen, die wußten, daß ihr Schicksal schon vorgezeichnet war.

In dieser Nacht schlief er fast gar nicht. Alles in ihm verwandelte sich. Schatten wurden zu Licht, Helligkeit zu Schatten. Er dachte nicht einmal viel, er ließ die Bilder unter seinen Lidern vorbeiziehen, so als würde er im See ertrinken, denn er hatte einmal gehört, daß ein Ertrinkender noch einmal seine gesamte Vergangenheit erlebt mit allen Einzelheiten. Das hatte ihn früher zum Lachen gebracht, denn er konnte sich nicht erklären, woher lebende Menschen wissen, was ein Sterbender sieht. Jetzt aber dachte er ernsthaft an sich selbst, der im See ertrinkt. Nichts von dem, was in seinem Leben vorgekommen war, hatte jetzt Gewicht oder verdiente es, in seinem Gedächtnis zu bleiben. Ohne Wehmut trennte er sich von der Fülle seiner Erinnerungen. Im Grunde genommen war er ganz leer. Nur um sich herum bemerkte er Gegenstände, Ereignisse und Menschen, die einst seinen Lebensinhalt ausmachten. ›Sie werden es mir verzeihen‹, dachte er, denn er fühlte sich ein wenig schuldig. Als er die Bilder vorbeiziehen ließ, war Monika bei ihm. Sie war immer mit ihm zusammen und überall, und nur ihre Anwesenheit erlaubte es ihm, verständnisvoll mit der Welt umzugehen. Wenn er an das Pony Elisa dachte, wie das Pony die steile Straße hinaufkletterte, saß Monika auf seinem Rücken. Und Großmutter sagte: ›Was bist du für ein hübsches Fräulein!‹ Dann aß sie weiter ihre Kirschen aus der Tüte.

Etwas drückte ihn unter dem Kopfkissen, er holte das Buch heraus. Die arme Madame Bovary, auch sie wird mir verzeihen… Er legte das Buch auf das Tischchen neben seinem Bett. Der Krieg fiel ihm ein. Schützengräben und Stacheldraht. Blutige Bandagen, verwundete Soldaten im Lazarett und Barmherzige Schwestern. Sie hatten Gesichter wie aus Porzellan und erschrockene Augen. »Unsinn«, sagte er zu sich selbst, »es wird keinen Krieg geben.« Aber die Furcht war geblieben. Er hatte keine Angst vor den Schützengräben und dem Stacheldraht und nicht einmal vor den Wunden. Nur der Gedanke, daß er Monika verlieren würde, erfüllte ihn mit verzweifelter Trauer.

»Ich bin fünfzehn«, wiederholte er bitter, »warum nicht älter?«

Er kam zu der Überzeugung, daß seine Jugend ein Fluch sei. Wenn er wenigstens drei, vier Jahre älter wäre ... Zwar glaubte er, daß ein achtzehnjähriger Mensch völlig erwachsen sei, aber so ganz überzeugt war er davon doch nicht. Er kannte die Jungen aus seiner Schule, die in diesem Jahr ihr Abitur gemacht hatten. Sie waren nur ein bißchen größer als er, übrigens auch nicht alle. Einige zeigten stolz ihre unrasierten, stoppeligen Wangen. Manchmal traf er sie in der Stadt, wenn sie mit jungen Damen herumstolzierten. Sie waren steif und verbreiteten den Geruch von Brillantine und Birkenwasser. Einige trugen lange Hosen, und ein paar erschienen gleich nach dem Abitur vor der Schule mit Studentenmützen geschmückt. Sie benahmen sich herablassend wie große Herren. Dann verschwanden sie, und er sah sie nicht wieder. Aber das hatte ihn nicht überzeugen können, daß sie erwachsen waren. Er wußte, daß ihn nur eine Kleinigkeit von jenen Burschen trennte, etwas Unbestimmtes, aber Wichtiges, was allerdings nicht schwer zu erreichen war. Aber sie alle, er und die Abiturienten, befanden sich in einer anderen Welt, getrennt von der Welt des Vaters und der Mutter, der Großmutter und auch der Justyna. Monika war dieser anderen Welt schon näher als jene Burschen in Studentenmützen, die vor dem Schulgebäude mit verächtlichen Mienen auf und ab gingen. Das entdeckte er in Monikas Augen. Es schien, als wäre ihr Glanz matter geworden, als hätte ihn der See zum Erlöschen gebracht, das Grün der Wälder, die Schatten der Scheunen, die Anwesenheit Pileckis und der alten Damen und auch die Krankheit jener Frau aus Niemirow, deren Name ihm aus dem Gedächtnis entschwunden war.

»Wenn ein Krieg ausbricht«, dachte er, »verliere ich sie für immer.« Trauer überkam ihn.

Das Frühstück dauerte nicht lange. Die Schatten der Blätter tanzten auf der Veranda, und die Menschen, in diesem Netz gefangen, bewegten sich langsam wie im Schlaf. Pilecki betrachtete den Jungen. In seinen Augen war etwas Krankhaftes, waren Traurigkeit und Zorn. Die Eltern sandten sich Blicke über den Tisch, sie aßen schweigend. Fräulein Cecilie trank den Tee mit Milch verdünnt in kleinen Schlucken. Fräulein Rosa fehlte, sie war im Bett geblieben wegen einer Erkältung. Auch Monika war nicht da. Der Junge spürte ganz plötzlich Entsetzen. Er wollte fragen, was mit Monika geschehen sei, aber dazu fehlte ihm der Mut. Er schaute auf die Tür, die in das Innere des Hauses führte, in der Hoffnung, das Mädchen würde erscheinen.

Minuten vergingen, sie kam nicht. Mania trat ein mit dem Tablett. Sie sah den Jungen an. Ihm schien, daß ihr Blick Schmerz und Mitgefühl ausdrückte. Major Kurtz sagte plötzlich, er müsse nach Warschau zurückkehren.

»Eine dringende telegraphische Aufforderung«, sagte er.

»Also doch«, sagte Vater.

»Das hat noch nichts zu bedeuten«, antwortete der Major, »normale militärische Routine.«

»Ich bewundere Sie«, sagte Pilecki herb, »wir alle besitzen unerschöpfliche Quellen der Hoffnung und der Illusion.« Während er sprach, schaute er auf den Jungen. Der wich seinem Blick aus.

»Ich versichere Ihnen, meine Damen und Herren, daß ich in zwei Tagen wieder hier bin.«

»Sie wird wohl doch sterben«, sagte Fräulein Cecilie ohne jeden Sinn. Alle sahen die alte Dame an. Ihre Augen blickten beschämt. Sie lächelte entschuldigend.

»Ich denke immer an die Frau des Rechtsanwaltes«, sagte sie leise.

»Ja«, griff Pilecki das Thema auf. »Um Frau Woznicka steht es sehr schlecht.«

»Wenn ein Krieg ausbrechen sollte...« sagte Fräulein Cecilie.

»Nicht jeder stirbt im Krieg«, meldete sich unverdrossen der Major zu Wort. »Im übrigen ist davon gar nicht die Rede, Gnädige Frau. Ich wiederhole, in wenigen Tagen bin ich wieder zurück, und wir werden mit dem Herrn Hauptmann auf Entenjagd gehen.«

Der Junge hörte zu und war doch abwesend. ›Monika, was ist los? Wo bist du?‹ dachte er. ›Sie ist heute früher aufgestanden und spazierengegangen‹, gab er sich selbst zur Antwort, aber sofort berührte ihn seltsam der Gedanke an diese Illusionen, von denen Pilecki gesprochen hatte. ›Warum sprach er zu mir? Warum sieht er mich so an?‹ Die Angst wuchs in ihm. Wieder kam Mania herein und brachte kühle Milch in einem Krug. Und wieder sah sie auf den Knaben mit einem so traurig-melancholischen Blick, wie ihn kluge, alte Tiere haben.

Plötzlich kam ihm die Erleuchtung, und er beruhigte sich. Mania war sicher traurig, weil der Major mit seiner Ordonnanz abreisen mußte. Welche Erleichterung! Er trank ein volles Glas Milch bis zur Neige. Nun war er entspannt. Liebe, arme Mania. ›Sei nicht traurig‹, sagte er wortlos zu ihr. ›In zwei Tagen sind die beiden wieder zurück. Du allein solltest wissen, daß uns kein Krieg droht, Mania, du hast gar keine Ahnung, wie gern ich dich habe...‹

Er begleitete sie mit fröhlichen Blicken. Dann griff er nach dem zweiten Glas, trank einen Schluck Milch und glaubte, Monika zu küssen. Es gibt keinen Krieg. Alles wird gut.

Pilecki erhob sich, bat um Verzeihung für den zeitigen Aufbruch, er müsse geschäftlich ins Dorf. Die Droschke für den lieben Major sei bereit. Der Major erhob sich ebenfalls, sie umarmten sich herzlich. Pilecki sagte: »Ich will an diese Jagd glauben!«

Er ging zu den Scheunen hinüber. Major Kurtz setzte sich wieder. Er zündete sich eine Zigarette an, Vater eine Zigarre. Da sagte die Mutter zu dem Jungen: »Nach dem Frühstück kommst du bitte hinauf.«

»Gut«, sagte er. »Gleich?«

»Ich denke schon«, warf der Vater ein.

Fräulein Cecilie sah auf den Jungen und meinte: »So ein herrliches Wetter. Krzyś denkt sicherlich an ein Bad im See.« Plötzlich fühlte er ihre Hand auf seiner Hand. Sie war kühl und sehr leicht. Ihre glatten Fingerspitzen glitten zu seinem Handgelenk. »Krzyś ist ein sehr guter Junge. Eigentlich ist er schon erwachsen.«

»Noch nicht«, sagte Vater.

»Mein Lieber«, meinte Fräulein Cecilie sehr sanft und zog ihre Hand zurück. »Was wissen wir schon über unsere Nächsten? Ich bin eine sehr alte Frau.«

Vater lächelte dünn.

»Fürchten wir uns nicht«, sagte die alte Dame, »das ist wenig und doch sehr viel.«

Der Junge bekam wieder Angst. Etwas Ungutes geschah in dieser Welt.

Er stand in einem nicht gerade geräumigen Zimmer. Hinter ihm das Fenster, vor dem Fenster die Sonne. Es duftete nach Puder. Mutters Gesicht war blaß und müde, sie hatte den Kopf gesenkt, die Nagelfeile, mit der sie ihre Nägel formte, blitzte kalt. Vater zündete sich langsam eine Zigarre an. »Was machst du bloß für einen Unsinn?« fragte er herb und sah dabei in die Flamme des Streichholzes.

Der Knabe schwieg. Er spürte den Geschmack von Milch und Honig im Mund. Vor einer Weile hatten sie das Frühstück auf der Veranda beendet.

»Also?« fragte Vater.

Der Knabe zuckte die Schultern, er hob seine Hand zur Stirn und strich sich mit den Fingern durch das Haar.

»Laß die Haare«, sagte Mutter, »es wird höchste Zeit, daß du gewisse Dinge begreifst.«

»Bitte, ich höre«, sagte der Knabe und ließ die Hand sinken. Er stützte sich auf das Fensterbrett hinter sich. Die Sonne wärmte seinen Rücken. ›Wo ist Monika?‹ dachte er. ›Was ist passiert?‹

»Was ist passiert?« fragte er.

»Du weißt sehr wohl, was passiert ist«, sagte Vater. Scheinbar sah er den Jungen dabei an, aber er blies den Rauch aus seiner Zigarre so aus, daß er von der ganzen Welt durch diese grauen Wölkchen getrennt war.

»Wir sind zu Gast in diesem Haus«, sagte Mutter und legte die Nagelfeile zur Seite. »Das verpflichtet. Man sollte sich anständig benehmen. Ich hatte gehofft, du seiest gut erzogen. Was ist mit dir los, Krzyś?« Wieder sprach sie ihn mit dem Vornamen an, und das bedeutete Tadel, Enttäuschung, und zeigte zugleich ihre Hilflosigkeit.

»Ich verstehe nicht«, sagte der Junge.

Vater ging durch das Zimmer, aber er hatte hier wenig

Platz, er mußte etwas mit seinem großen, schweren Körper tun, der ihn plötzlich zu stören begann. Also setzte er sich auf einen Stuhl.

»Hauptmann Pilecki ist ein alter Freund von mir«, sagte Vater. »Ich achte ihn. Und du mußt ihn ebenfalls achten. Verstanden?«

»Was ist passiert?« wiederholte der Junge, obwohl er schon alles wußte.

»Monika«, sagte Mutter, »ist eine wohlerzogene junge Dame. Habe ich mich klar genug ausgedrückt? Du benimmst dich wie ein Lümmel . . . Es ist eine Blamage!«

Sie erhob die Stimme, aber ihren Kopf hob sie nicht. Sie saß noch immer zusammengekauert auf dem Bettrand, als fühle sie sich nicht wohl in dieser Rolle einer Tadelnden. Es war auch wirklich keine Rolle für sie.

»Warum wie ein Lümmel?« fragte der Knabe, »weil wir am See spazieren waren?«

»Tu nicht so!« sagte der Vater, »ein schöner Spaziergang. Du bist noch eine Rotznase, Krzyś. Du bist erst fünfzehn. Was fällt dir denn ein? Hauptmann Pilecki ist empört und tief gekränkt!«

Den Knaben überkam ganz plötzlich Zorn, wie ein stürmischer, warmer Strahl durchdrang er ihn. Er nahm die Hände vom Fensterbrett und kämmte mit allen zehn Fingern sein Haar von der Stirn.

»Ich bin fünfzehn Jahre alt«, sagte er dumpf, »aber was bedeutet das? Es ist nicht meine Schuld, daß ich fünfzehn bin.«

Er wollte noch etwas sagen, aber er verlor den Faden. So wie gestern am See hörte er wieder den polternden Lärm dieser Welt. Ihn quälte die Tatsache, daß er stehen mußte und die Sonne seinen Rücken wärmte. Er wollte sich hinlegen, alle Muskeln entspannen, er fühlte sich unbeschreiblich müde, und alle Glieder schmerzten ihn so, als hätte man ihn ohne Mitleid geschlagen.

»Fräulein Monika fährt heute nach Niemirow«, sagte Mutter. »Sie wünscht dich nicht mehr zu sehen. Wie konntest du uns so etwas antun!«

Dunkelheit. Das ganze Zimmer war erloschen, überall herrschte Dunkelheit. Sie pulsierte in den Adern des Knaben zusammen mit seinem Blut. Heiser atmete er auf. Er wollte etwas sagen, konnte es aber nicht ausdrücken, er fand nicht das richtige Wort, das Wort Monika, das Wort Krieg, das Wort Sterben, das Wort Liebe, noch irgendein Wort, ein mißgestaltetes, unbekanntes, das es wohl gar nicht gab, das Verzweiflung war und Gotteslästerung, dicker und bitterer Speichel, der ihm den Mund füllte. Er dachte: ›Ich hasse Euch alle.‹ Er dachte: ›Ich liebe dich, Monika.‹ Er dachte: ›Ich sterbe.‹ Er dachte: ›Gott!‹ Er dachte: ›Der Krieg wird kommen, morgen schon, er wird sie alle töten, mitleidlos und qualvoll, mich auch . . .‹

Vater sagte leise zu Mutter: »Was hat er? Ich hatte dich gebeten zu schweigen!«

»Ach, laß nur«, sagte Mutter, »das geht gleich vorbei.«

Sie stand auf, glättete ihr Kleid und trat an den Jungen heran. »Fühlst du dich schlecht, Schätzchen?«

Er sah sie an und sah sie doch nicht. Er sagte: »Geh weg, Mama.«

Sie erblaßte, ihre Züge wurden schärfer, sie sagte fast flüsternd: »Mein Gott, das ist ja furchtbar.«

Nun kam Vater zu ihm heran. Er schob die Mutter zur Seite, sanft und doch fast brutal. Er sah dem Knaben in die Augen und fragte angestrengt: »Was hast du? Vielleicht ist es ein Irrtum.«

»Geh weg«, antwortete der Knabe, aber er hörte seine Stimme nicht.

Die Welt lärmte weiter.

»Vielleicht ist es ein Irrtum«, wiederholte Vater und fügte plötzlich mit ruhiger ausgewogener Stimme hinzu, »natürlich, ein Irrtum.«

Er kehrte zu seinem Stuhl zurück. Setzte sich. Ein schwacher, alter Mann. Schweigen. Mutter lehnte sich an den Schrank. Der Junge ging durch den Raum, öffnete die Tür, ging hinaus, schloß die Tür hinter sich. Da hörte er noch die Stimme seines Vaters: »Etwas ist zu Ende gegangen, Liebling.«

Er ging die Treppe hinunter, dann über den Flur in den Salon, und schließlich trat er auf die Veranda. Die Sonne wärmte ganz unerträglich. Ovale, breite Schatten lagen auf dem Rasen. Klappern der Pferdehufe in der Allee. Der Knabe hob den Kopf.

Durch die Allee galoppierte ein Pferd. Eine Schaumflocke fiel auf die Akaziensträucher. Pilecki stand im Steigbügel, über die Mähne des Pferdes gebeugt. Er ritt an dem Rasen vorbei. Erdklumpen platschten feucht an die Säulen, der Geruch von Schweiß und warmer Haut folgte Pferd und Reiter.

›Er wird als erster fallen‹, dachte der Knabe rachsüchtig. ›Diese deutschen Panzer werden ihm die Innereien heraustrennen.‹ Er ging durch die Allee bis zum Tor. Pferdespuren waren auf der Erde. Dann ging er den Weg ins Dorf. Lange sah er nichts mehr, denn er weinte.

Wenn die Tränen getrocknet sind, kehrt er zum Gut zurück. Er wird in Monikas Zimmer treten, und sie wird ihre Arme um ihn legen. Vor aller Augen werden sie von hier fortgehen, werden Vater und Mutter zurücklassen, den

Onkel und die alten Damen, Puppen, Teddybären, Indianerspielzeug, das ganze Paradies ihrer Kindheit, das einst Gottvater Adam und Eva genommen hatte. Sie werden fortgehen, vereint und freudig, bis sie nach langem und mühseligem Weg die Weichselbrücke in Warschau überqueren und ein neues Leben beginnen können. Er wird arbeiten im Schweiße seines Angesichts, und sie wird seine feuchte Stirn mit Küssen der Liebe bedecken. Und sie werden leben, lange und glücklich.

Wenn die Tränen getrocknet sind, wird er zum Gut zurückkehren. Er wird in Monikas Zimmer treten, aber dort nur tote Gegenstände vorfinden und den Staub fortgeworfener Hoffnung. Er wird so allein sein wie nie zuvor und niemals in der Zukunft, die ihn noch erwartet. Dann wird er ein anderes Mädchen treffen, und es kommt der Tag, an dem er sich nicht mehr an Monikas Gesicht erinnern wird, an ihre Stimme, an ihre Bewegungen, an die Farbe ihres Kleides. Er wird ein wenig leiden, dann aber sehr bald zu seinen Maschinen, seinem Säbel oder den Gerichtsakten zurückkehren. Und erst an einem anderen Tag, vielleicht in der Abenddämmerung oder kurz vor Sonnenaufgang, wenn er um sich schaut, da wird ein leerer Bahnsteig vor ihm liegen und an seinem Ende ein dunkler Tunnel, zu dem er unvermeidlich strebt. Dann wird plötzlich Monika vor ihm stehen, er wird wieder ihre Lippen fühlen und das Plätschern des Seewassers hören, das die Ufersteine umspült.

Wenn die Tränen getrocknet sind, wird er allein vorwärts gehen. Am Horizont blitzt es schon, die Erde bäumt sich auf, ringsherum ergießt sich die Feuersbrunst. Er wird vorwärts gehen zu dem Krieg, der ihm schon entgegenkommt. Sie werden sich treffen. Den Mund mit Gips verschlossen, wird er sich vor der Erschießungsmauer wiederfinden. Die

Ruinen seines zerstörten Hauses werden ihn verschütten. Die undurchlässige Tür der Gaskammer wird sich hinter ihm schließen. Er wird an seinen Wunden sterben. Er wird überleben. Wird ein junger, alter Mann sein. Er wird Nałęcz besuchen. Wird zwischen den Gräbern knien und ein Ave Maria sprechen für die einstigen Bewohner. Wenn er fortgeht, trifft er am Friedhofstor eine uralte Frau, es wird Fräulein Cecilie sein.

Wenn die Tränen getrocknet sind – wird er kein Kind mehr sein.

*Bitte beachten Sie auch
die folgenden Seiten*

Andrzej Szczypiorski
im Diogenes Verlag

Die schöne Frau Seidenman
Roman. Aus dem Polnischen von Klaus Staemmler

Dieser Roman handelt von der Rettung der schönen
Polin Irma Seidenman und einer Vielfalt von Gestalten
und Geschichten, die der Autor in einer großartigen
Komposition um sie herum gruppiert: der junge
Pawetek, der sie insgeheim verehrt, sein Schulfreund
Henio Fichtelbaum, der ins brennende Ghetto zurück-
kehrt, der reiche Schneider Kujawaski, der heimlich
Künstler und den Widerstand unterstützt, der Schöne
Lolo, ein erfolgreicher Verräter, der Bandit Suchowiak,
der Juden aus dem Ghetto schmuggelt...

»Gelassen, aller pessimistischen Geschichtsbetrach-
tung zum Trotz, blickt Andrzej Szczypiorski zurück
auf die finsteren Zeiten, die er selbst durchlebt hat, in
den Flammen des Warschauer Aufstands und danach
im KZ Sachsenhausen. Mit herber Ironie erzählt er von
Gerechten wie Schurken, von guten Patrioten und
Henkersknechten, Todgeweihten und noch einmal
Davongekommenen, deren Geschicke sich verknüp-
fen zu dramatisch gerafftem Romangeschehen.«
Der Spiegel, Hamburg

Eine Messe für die Stadt Arras
Roman. Deutsch von Karin Wolff

»Wir sollten vorsichtiger sein, wenn wir uns über ›die
besten Bücher‹ und ›die wichtigsten Autoren‹ äußern,
denn es ist allzeit wahrscheinlich, daß wir die gar nicht
kennen. Zum Beispiel den Roman *Eine Messe für die
Stadt Arras* von Andrzej Szczypiorski.«
Ulrich Greiner/Die Zeit, Hamburg

»*Eine Messe für die Stadt Arras* ist Andrzej Szczypiorskis Hauptwerk.« *Marcel Reich-Ranicki/FAZ*

Amerikanischer Whiskey

Erzählungen. Deutsch von Klaus Staemmler
Mit einem Vorwort des Autors zur deutschen Ausgabe

»Gesättigt mit Welt und Erfahrung sind die Geschichten; ein souveräner Kopf und blendender Erzähl-Techniker schildert das ewige Menschheits-Monopoly, Macht und Ohnmacht, erlebt am eigenen Leibe. Turmhoch stehen diese Erzählungen über dem grassierenden esoterischen Gefinkel und knieweichen Selbstbeweinen heimischer Floristen.« *Der Spiegel, Hamburg*

»Andrzej Szczypiorski kann nicht aufhören, sich darüber zu wundern, was Menschen Menschen angetan haben und was sie sich noch heute antun...« *Marcel Reich-Ranicki*

Notizen zum Stand der Dinge

Deutsch von Klaus Staemmler

»Diese Aufzeichnungen sind das Dokument der Auseinandersetzung eines aus seinem Lebenszusammenhang gerissenen Individuums mit einer aus ihrem organischen Zusammenhang herausgerissenen Zeit – und des Versuchs, sich aus dieser Zeit heraus in einen Bereich der Zeitlosigkeit zu retten. Authentisch, subjektiv und schonungslos.« *Neue Zürcher Zeitung*

Nacht, Tag und Nacht

Roman. Deutsch von Klaus Staemmler

»*Nacht, Tag und Nacht* ist ein sehr nachdenkliches Buch, dessen Stärke in der Verknüpfung anschaulichen Erzählens mit kompromißloser Reflektion liegt. Im Schicksal einiger farbig gezeichneter Figuren wird das Lebensopfer einer ganzen Generation spürbar.
»Szczypiorskis Abrechnung mit der Vergangenheit seines Landes ist schonungslos.« *Bayrisches Fernsehen, München*

Der Teufel im Graben

Roman. Deutsch von Anneliese Danka Spranger

Stanislaw Ruge erinnert immer irgendwen an irgend jemanden. In der Kneipe eines polnischen Provinznestes kommt er mit einem Dienstreisenden und dem ortsansässigen Rostocki ins Gespräch. Der Dienstreisende fühlt sich durch Ruge an einen Hund namens ›Bürste‹ erinnert; weniger harmlos ist die Assoziation von Rostocki: Er besteht darauf, in Ruge einen Polizisten wiederzuerkennen, der in der Nazizeit mit den Deutschen kollaborierte.

»Andrzej Szczypiorski belegt, daß der Roman keineswegs tot ist, daß menschliche Schicksale im doppelten Sog der Geschichte und der Zeit noch immer, und zwar auf höchstem Niveau, in der Romanform darstellbar sind.« *Neue Zürcher Zeitung*

Den Schatten fangen

Roman. Deutsch von Anneliese Danka Spranger

Sommer 1939 in Polen: Wie eine Gewitterwolke hängt die drohende Kriegsgefahr über einer pittoresken Landschaft. Der junge Krzys, der mit seinen fünfzehn Jahren an der Schwelle zum Erwachsensein steht und seine erste Liebe erlebt ahnt, daß das Polen seiner Kindheit bald der Vergangenheit angehören wird. So zieht mit dem Ende der Kindheit von Krzys das Ende einer polnischen Epoche heran, Krzys kann gerade noch *Den Schatten fangen*.
Dieser in Polen erstmals 1976 veröffentlichte Roman voll zarter Poesie und wehmütiger Bilder läßt Szenarien von Thomas Mann anklingen.

»Szczypiorski erzählt ohne Sentimentalität und hurrapatriotische Ausbrüche, dafür mit Humor und Verständnis für menschliche Träume und Sehnsüchte.« *Süddeutsche Zeitung, München*

Sławomir Mrożek
im Diogenes Verlag

Striptease
und andere Stücke
Aus dem Polnischen von Ludwig Zimmerer

Inhalt: *Polizei, Auf hoher See, Karol, Striptease, Das Martyrium des Piotr O'Hey, Der Truthahn.*

»Als das Stück Anfang der sechziger Jahre auf die Bühne kam, ließ sich dieser *Striptease* unschwer als absurde Parabel auf die politischen Zustände Polens deuten. Wenn man das Stück heute wieder sieht, ist man fast verwundert, wie allgemeingültig die Botschaft ist.«
Thomas Thieringer/Süddeutsche Zeitung, München

»Mrożek hält der Diktatur mit *Polizei* scheinheiligem Augenaufschlag ein ins Groteske übersteigertes Wunschbild begeisterter Untertanen entgegen und schlägt in jedem der drei Akte einen neuen, absurden Salto. Die Satire mündet in eine wahre Verhaftungsorgie: General, Kommandant und Leutnant liefern sich ein dialektisches Scharmützel, bei dem Mrożek die pfiffige Vieldeutigkeit der marxistischen Dialektik persifliert. Schließlich wird jeder von jedem mit überzeugenden Argumenten verhaftet.«
Hellmuth Karasek

Tango
und andere Stücke
Deutsch von Christa Vogel und Ludwig Zimmerer

Inhalt: *Eine wundersame Nacht, Zabawa, Der Kynologe am Scheideweg, Der Tod des Leutnants, Tango, Der Hirsch, Racket-baby.*

In *Tango* erinnern sich Arturs Eltern und Großeltern an die Zeiten, in denen Tango zu tanzen noch ein

Skandal war. Doch mit diesen und allen anderen Zwängen und Konventionen haben sie gründlich aufgeräumt. Der Enkel Artur beschwert sich nun über die totale Freiheit, »weil nichts mehr möglich ist, weil eben alles möglich ist«. Artur fordert sein »Recht auf Aufruhr«.

»Man sagt in Warschau, Mrożek besitze das absolute Gehör für groteske Zustände, für Komik. Unter der Oberfläche seines Gelächters verbirgt sich – wie in Shaws paradoxen Parabeln und wie in Majakowskis Buffo-Mysterien – das düstere Drama der Gegenwart. Mrożeks Komik möchte die Imitation mit Hilfe der Imitation kompromittieren. Man kommt ihm näher, wenn man sich einen kafkaesk verfremdeten Čechov oder einen slawisch parodierten Kafka denkt. Die Überführung des Schwachsinns der total verwalteten Welt, die Reinigung vom Pathos durch Ironie ist die Katharsis dieser Stücke.« *Karl Dedecius*

Der Botschafter
und andere Stücke
Deutsch von Christa Vogel und
M. C. A. Molnar

Inhalt: *Der Botschafter, Ein Sommertag, Alpha, Der Vertrag, Das Portrait, Die Witwen.*

»Mrożek ist ein engagierter Schriftsteller – also hält er die Literatur nicht für eine erhabene Spielerei mit Worten, sondern für ein Mittel, auf die Menschen zu wirken. Er ist Humorist – also meint er es besonders ernst. Er ist Satiriker – also verspottet er die Welt, um sie zu verbessern. Er ist Surrealist – also geht es ihm um die Wirklichkeit, die er mit überwirklichen Motiven verfremdet, um sie zu verdeutlichen. Er ist ein Mann des Absurden – also zeigt er das Widersinnige, um die Vernunft zu provozieren.« *Marcel Reich-Ranicki*

Die Giraffe
und andere Erzählungen
Deutsch von Christa Vogel und Ludwig Zimmerer

Der vorliegende Band enthält die ersten Erzählungen und kleineren Prosastücke Mrożeks aus den Jahren 1953–1960, darunter so bekannte wie *Der Elefant, Hochzeit in Atomweiler, Der Schwan* und *Die Giraffe*.

»Mrożek zeigt in surrealistischen Miniaturen, die von grotesken Einfällen strotzen, vor allem die Folgen der Propaganda im Bewußtsein der durchschnittlichen Menschen. Dieser Satiriker kritisiert die Gesellschaftsordnung, in der er lebte, lediglich vom Standpunkt der Logik. Er liebt phantastische Motive, aber er ist der Sachverwalter der Vernunft und des gesunden Menschenverstandes. Und eben deswegen verdeutlicht er die Absurdität der von ihm dargestellten Welt.«
Marcel Reich-Ranicki

»Mrożeks Satiren sind mehr als in Allegorie verschlüsselte Leitartikel zu Tagesfragen. Sie sind Parabeln, die nicht ins Allgemeine, Unverbindliche hinwegschwindeln müssen, um zu Dichtungen zu werden.«
Hellmuth Karasek

»Der vor allem als Dramatiker bekannt gewordene Autor erweist sich auch als pointenreicher Prosaschriftsteller, der mit seinem Witz der Absurdität unserer Wirklichkeit zu Leibe rückt und die Wechselbeziehung von Realität und Irrealität ins Spiel bringt.«
Neue Zürcher Zeitung